Bert von Norden wurde in Bremen geboren, ist aufgewachsen und lebt in Norddeutschland.
In der Schule fand er »Goethes Faust«, und »Homo Faber«, doof.
Er machte und mag Filme und Musik, tanzt aber nicht.
Bert von Norden entdeckte seine Passion fürs Schreiben während einer Hochhaussprengung an einem Regentag in Bad Salzuflen.

ebenfalls von Bert von Norden erschienen:
Fussel schweben in der Luft

Bert von Norden

Die Gilde der Ewigen Zeit

Mein Großvater verschwindet, ein Stern explodiert, und ein Unbekannter fängt eine Banane mit den Zähnen auf.

Bert von Norden: Die Gilde der Ewigen Zeit
© 2019 Bert vonNorden

Herstellung und Verlag: BoD – Books on Demand, Norderstedt
ISBN 978-3-7504-1778-6

Umschlaggestaltung, Layout, Satz
© 2019 Geerdes Kommunikation, Rosengarten

Bibliografische Information der Deutschen Nationalbibliothek:
Die Deutsche Nationalbibliothek verzeichnet diese Publikation
in der Deutschen Nationalbibliografie; detaillierte bibliografische
Daten sind im Internet über dnb.dnb.de abrufbar.

Einige Jahre zuvor in Ägypten:

Mit einem Krug Dattelsaft und etwas Baklava hatten sich Jeff Brumfield und Eddie Luckner in ihren braun-beigen Camouflage-Anzügen in die Hütte aus Lehmziegeln zurückgezogen, in der sie ein paar Tage zuvor die Kiste entdeckt hatten. In der kleinen Behausung in Dahschur, einem Dorf etwa 30km südlich von Kairo, stand die Luft und es roch etwas muffig.

Fussel schwebten in der Luft als sich Brumfield auf einen mit Leinentüchern abgedeckten Hocker niederließ. An der Wand hing ein verschlissener Bilderrahmen mit dem vergilbten Porträt einer den zwei Männern unbekannten politischen Persönlichkeit mit Fez.

»Wird er kommen«, fragte Luckner.

»Das wird er«, antwortete Brumfield, und fuchtelte sich mit der Hand ein paar Fusseln aus dem Gesicht.

Luckner schlürfte nachdenklich seinen Dattelsaft. »Was machen wir, wenn er nicht kommt?«

»Er kommt ganz bestimmt.«

Eine lange Pause setzte ein. Von draußen hörte man laute Stimmen und das Blubbern einiger Kamele. Dann öffnete sich plötzlich knarzend die marode Holztür. Vor dem grellen Licht der einfallenden Sonne zeichnete sich eine breitschultrige Gestalt in Rock und umgekrempelten Strümpfen ab.

»Alles auf!«, verkündete die Gestalt mit kräftiger Stimme, und zog den Kopf etwas ein, um nicht an den Türrahmen zu stoßen.

»Lass den Quatsch, Domnhall«, entgegnete Brumfield, sprang auf und begrüßte den Mann in Kilt, schwarzer Tunika und Glengarry mit Hahnenfeder auf dem Kopf mit einem kräftigen Handschlag.

»Jeff!«, schmetterte der gewichtige Schotte, schlug seinem Gegenüber mit Schmackes auf die Schulter und grinste. »Abair sgudal! Was ist das hier, und wer ist unser lieber Freund dort drüben?«

Luckner trat ins einfallende Sonnenlicht und reichte Domnhall Gorrit seine Hand. »Luckner, Eddie«, stellte er sich vor.

»Ein ... guter Freund«, ergänzte Brumfield

Gorrit stellte sich breitbeinig vor die große Holzkiste, und schaute die beiden Anderen fragend und etwas enttäuscht an. »Soso, und das soll es nun sein?! Dafür habt ihr mich quer durch die Wüste gejagt?«

»Sollen wir mal reinsehen?«, meldete sich Luckner, stellte seinen Dattelsaft beiseite und begann, den Deckel der Kiste abzuheben.

»O sin!«, entfuhr es Gorrit, als die Drei in das hölzerne Objekt blickten.

Luckner musste husten, und Brumfield sagte nichts.

»Und jetzt?!«, Gorrit schlug mit der flachen Hand auf den staubigen Deckel, nachdem er ihn wieder auf die Kiste gelegt hatte. »Wo sollen wir jetzt hin mit dem Ding?!«

»Ich flieg die Kiste raus«, antwortete Brumfield wie selbstverständlich.

Gorrit schaute erst zu Brumfield, dann zu Luckner, und schließlich wieder zu Brumfield zurück. »Ach so. Und ich gestalte das Ganze etwas offiziell und mache den Papierkram, was?!«

Eins

Ich war neun oder zehn. Es war ein Dienstag oder Donnerstag. Ein warmer Tag wie manch anderer. In der Innenstadt flanierten die Menschen durch die weitläufige Fußgängerzone. Vor den Läden und Geschäften drängten sich Menschen an den Auslagen, um Sachen, Dinge und Gegenstände zu kaufen. Lautsprecher verteilten ein unterhaltsames Lied eines unbekannten Interpreten. Kinder spielten auf dem Abenteuerspielplatz des großen Stadtparks und bewarfen andere Kinder mit Sand, oder fuhren auf dem Rummelplatz mit der Geisterbahn und bewarfen die Geister mit alten Schrauben. Auf der kleinen Insel im See des Stadtparks sonnten sich die Enten, und Goldfische spien Blubberblasen an die Wasseroberfläche.

Ich besuchte die neunte Klasse der Hammerhorn-Oberschule, einem typischen Zweckbau der 70er Jahre aus Glas, Stahl und viel Beton. Wir hatten an diesem Tag etwas früher Schulschluss. Zu verdanken hatten wir dies unserem vollbärtigen Physiklehrer Herrn Knüplkopp. Der hatte nämlich bei einem für uns Schüler aufsehenerregenden Experiment eine mit Druckluft angetriebene Modellrakete aus Versehen aufs Schuldach geschossen, woraufhin an der gesamten Schule der Strom ausfiel.

Während Herr Knüplkopp eine Raketen-Rückhol-Aktion startete, und sich durch das Obergeschoss hinaus aufs Schuldach kämpfte, stürzte Herr Richtich, unser Mathematiklehrer, mit seinem Bestseller ›a+b oder auch a+b‹ im Handgepäck übereilt aus dem Schulgebäude. Warum, wusste niemand.

Ich ging nachhause. Mir war langweilig und ich hatte noch keine Lust, die Hausaufgaben zu erledigen. Das Fernsehprogramm bot lediglich Wiederholungen unangenehmer Filme und Serien feil. Sendungen mit Menschen, die hässliche Kleidung und dazu passende Frisuren trugen. Im Radio lief das übliche enervierende Potpourri musikalischer Schmonzetten und schlecht produzierter Werbespots.

Ich beschloss, meinen Großvater zu besuchen. Er wohnte im Nordosten der Stadt, in einem schnuckeligen Reihenend-Haus mit Bimsmauerwerk und Garten, zwischen korrekt gestutzten Hecken und gebürsteten Bürgersteigen. Ich musste den Bus nehmen, um dorthin zu gelangen. Auf dem ersten Platz hinter dem Fahrersitz saß ein Asiate mit Ledermütze, der während der gesamten Fahrt den anderen Fahrgästen ein debiles Grinsen entgegenstreckte.

Die Klimaanlage des Busses prustete ein ozonbefreites Gemisch in den Raum. Unter mir dröhnte der Radkasten, während jede kommende Haltestelle vom Fahrer mit einem lustigen Reim angekündigt wurde.

Gerade als ich an die Haustür meines Großvaters klopfen wollte, hörte ich ihn im Garten laut schimpfen. Neben dem Haus gab es einen Wäscheplatz, über den man in den hinter dem Haus liegenden Garten gelangen konnte. Auf einem Stahlrohr-Gerüst mit Teppichklopfstange hingen ein paar gemusterte Küchenhandtücher und wedelten im Wind. Ich überraschte meinen Großvater dabei, als er mit seinem Klappspaten auf seine Fenchelstauden einschlug und kaum verständliche Schimpfwörter in Richtung Gemüse spie.

Er bemerkte mich nicht, da ich an der Hausecke in Deckung ging. Aber ich war so erschrocken, dass ich mich zurück auf die Straße schlich, und davonrannte. Meinen Eltern erzählte ich später nicht, was ich im Garten meines Großvaters beobachtet hatte.

Das war vor Jahren.

Mittlerweile wohnte ich in einer überschaubaren 3-Zimmer-Wohnung mit einem wunderschönen Blick auf unseren Stadtpark und die angrenzende Klatschmohnwiese mit einem aus Klinkern gemauerten Denkmal eines eleganten Elefanten. Im Stadtpark war es sehr angenehm. Man konnte dort frische Luft schnappen und dabei das lustige Treiben von Eichhörnchen und Spechten studieren, die zwischen Gräsern und Ästen auf der Jagd nach essbarem Kleinzeug waren. Oder man machte es sich auf einer der zahlreichen gusseisernen Parkbänke gemütlich und beobachtete die Menschen auf den gekiesten Wegen – wie sie da entlang spazierten und so aussahen, als wüssten sie nicht, wohin ihre Schritte sie führten.

Ich kehrte gerade von meinem Lieblings-Imbiss ›Würstel-

Mütz‹ zurück, von dem ich mir als Abendessen einen ›Schinken-Kracher Mykonos‹ mitbrachte. Schon nach wenigen Bissen meldete sich mein Mobiltelefon. Es wurde keine Nummer angezeigt, also begrüßte ich den unbekannten Anrufer mit vollem Mund mit einem langgezogenen »Jaaa?!«.

»Was sitzt du da noch rum?! Fahr gefälligst zu deinem Großvater!«, bellte mich jemand an.

»Hallo?!«, gab ich etwas brüskiert zurück. »Wer ist denn da überhaupt?!«

»Nenn mich einfach ... Gernot. Aber los jetzt!«, befahl der Unbekannte und legte auf.

»Ich kenne keinen Gernot«, sagte ich zu mir selbst. Aber in Anbetracht der Tatsache, dass der Gernot wusste, dass ich einen Großvater hatte, beschloss ich, mal bei ihm vorbeizuschauen ... nicht bevor ich meinen Schinkenkracher verzehrt hatte.

Mit meinem Borgward, Baujahr 1965, mit Lederbeschallung und selbst installiertem 5-Gang-Getriebe, rauschte ich durch die angefeuchtete Stadt. Aus dem Autoradio trällerten mir ›Die Drei Peheiros‹ ihren fantastischen Hit ›Was haben die Matrosen in Singapur gemacht‹ entgegen. Ich fuhr am ›Biroyal‹ vorbei, der von mir meist-gehassten Diskothek der Stadt. Gern hätte ich den auf Einlass wartenden, überschicken Nachtschwärmern lauthals ein markantes »Ihr Idioten!«, vor die Füße geworfen. Aber dazu hatte ich keine Zeit. Zufrieden fuhr ich weiter.

Es begann zu dämmern. Im Haus meines Großvaters brannte schon Licht. Er öffnete nicht, als ich an seine Tür klopfte. Frau Klopwotzki, meines Großvaters Nachbarin zur rechten, malträtierte gerade unter ohrenbetäubendem Einsatz eines Aufsitz-Rasenmähers die kleine Grünfläche vor ihrem Haus. Sie grüßte mich nicht.

Auf der Teppichklopfstange des Wäscheplatzes machten sich Rostflecken breit. Es roch nach Blumen. Das gefiel mir nicht. Überhaupt hatte ich noch nie Blumenduft gemocht. Auch in seinem Garten war mein Großvater anscheinend nicht. Sein Klappspaten lag verlassen in den Rabatten, und wurde von einer Feldmaus benagt. Vor einem ansehnlichen Arrangement Bockshornklee stritten sich ein paar mittelgroße Kiesel um den besten Platz und klackten bei ihrer Balgerei enervierend aneinander. Aus den Büschen tönte das atonale Flöten thailändischer Tempel-Sperlinge, eine der gefährlichsten Vogelarten der Welt. Die Wolken am Himmel glichen zerschossenen Fleischwürsten.

Vom Garten aus kam man über eine kleine Treppe auf den Balkon, unter dem mein Großvater eine ansehnliche Auswahl verschiedener Gartengeräte hortete. Die Balkontür stand weit offen. »Großvater!«, rief ich. Keine Antwort. Ich schlich mich durchs Wohnzimmer auf den angrenzenden Flur, und von dort in die anderen Räume. Alles war, wie ich es von meinem Großvater gewohnt war, sauber und aufgeräumt. Auf der Küchenspüle stand kein einziges Geschirrstück, im Bad roch es nach zitronigem WC-Reiniger, das Bett meines Großvaters war gemacht, sein Hausschlüssel hing am Schlüsselbrett neben der Eingangstür. Mein Großvater war offensichtlich spurlos verschwunden.

Beiläufig schaute ich durchs Küchenfenster auf die Straße. Der Aufsitz-Rasenmäher der Nachbarin hatte sein Massaker beendet und wurde von Frau Klopwotzki in ihre Garage zurück gefahren. Mir fiel eine der zahlreichen Weisheiten meines Großvaters ein: »Man kann nicht sicher sein, was wirklich draußen vor sich geht. Selbst dann nicht, wenn man aus dem Fenster blickt, und ganz genau hinsieht.« Vielleicht war er deswegen so oft und so lange in seinem Garten unterwegs, patrouillierte mit seinem Klappspaten bewaffnet um sein Haus, oder pflückte die Radieschen einzeln aus der Erde.

Das Wochenende stand vor der Tür und ich gönnte mir einen freien Tag. Ich musste etwas Ruhe haben, um darüber nachzudenken, wo mein Großvater sein könnte bzw. was ich hätte tun können, um ihn zu finden.

Der nächste Morgen zwängte sich in den Tag. Ich stand gähnend am Fenster. Die Kaffeemaschine blubberte ein paar Morsesignale in die Küche hinein, als der Kaffee durchgelaufen war. Auf dem Küchentisch hatten sich die Auflagen selbstständig in angenehmer Weise drapiert, und vor mir lag eine ausgesprochen ansprechend gebräunte Scheibe Toast, auf der sich eine Scheibe Käse stapelte. Weit hinter dem Stadtpark gewann der majestätische Sonnenaufgang langsam an Fahrt. Das alles machte mich ganz belanglos.

Gerade als ich mir ein Erdnussbutter-Toast zubereiten wollte, klingelte es an der Tür. Es war Herr Borsig, mein Vermieter. Ihm gehörte das Haus in dem sich meine Wohnung befand, ein ehemaliges Bürogebäude. Die Räume des Obergeschosses hatte er in Wohnungen umgewandelt, die Räume der unteren Etagen nutzte er für seine Firma. Herr Borsig führte einen Handel für Produkte zur Befriedigung von Begehrlichkeiten, z. B. Elektroherde, Pflanzgranulat und Ritterrüstungen.

Durch die Oberlichter stürzte schmieriges Sonnenlicht ins Treppenhaus und schob einen Schwall abgestandener Luft in meine Wohnung.

»Junger Mann. Ich habe hier ein wunderschönes Replikat einer Tiffany-Lampe. Wäre das etwas für Sie?!«, fragte Borsig und streckte mir das messing-verunstaltete Ding entgegen.

In Bruchteilen einer Sekunde fragte ich mich, ob ich sofort Nein sagen oder mir spontan eine unbeholfene Ausrede einfallen lassen sollte. Da schallte ein befreiendes »Herr Borsig?!« durchs Treppenhaus.

Einer von Borsigs Mitarbeitern stand im Hauseingang und rief: »Herr Borsig ... die Blätter sind da.«

»Oh«, meinte Borsig, und fügte hektisch hinzu: »Dann muss ich wohl wieder.« Mit den Worten »Aber kommen Sie doch einfach bei Gelegenheit in mein Büro.« klemmte er sich sein hässliches, elektrisches Etwas unter den Arm, machte kehrt und stapfte über den Linoleum-Boden Richtung Treppe.

Schnell schloss ich meine Wohnungstür. Da entdeckte ich unter meiner Garderobe die bunte Kunststofftüte wieder, die ich vor Jahren von meinem Großvater geschenkt bekommen hatte. Sie war von ›Kommerz Akut‹, dem einzigen Supermarkt in unserer Stadt, bei dem es das von meinem Großvater heiß-geliebte Buttermilch-Konfekt zu kaufen gab. Die Tüte enthielt die Teile eines enorm großen Puzzles. Ich hatte nie begonnen, es zusammen zu setzen, weil die mit Strichen und Linien ver-sehenen Teile nahezu alle gleich aussahen. Außerdem wusste ich nicht, was das Puzzle zeigen sollte, da es nur die Super-markt-Tüte aber keine bebilderte Verpackung mehr dazu gab.

Am Nachmittag fuhr ich zum Stadt-Theater im Hafen, das in den ehemaligen Hallen der ›Klotz & Klöten Konservenfabrik‹ untergebracht war. Ich besuchte eine Lesung des berühmten norwegischen Kammerphilosophen Wiltur Menskle, der dem waghalsigen Publikum Auszüge aus seinem Buch ›Jeg tenke på myk torv‹ präsentierte. Leider war ich des Norwegischen nicht mächtig und verstand kein Wort. Also setzte ich mich ins Foyer auf einen Spaghettistuhl mit verchromtem Rahmen und trank eine Tasse schwarzen Kaffee. Nebenbei blätterte ich kurz und lieblos in einem Fachmagazin über die Aufzucht von Steinen. »Was für ein Unsinn«, dachte ich mir und warf es in einen pflanzenlosen Blumenkübel, als ich das Theater verließ.

Ich wusste, wohin ich nun zu gehen hatte.

Zwei

Ein paar Straßen entfernt von mir befand sich die Bar
›Kokolores‹, ehemals Zahnarztpraxis, davor Fisch-Restaurant,
seit ein paar Monaten mein Stammlokal.

Gewöhnlich reduziert frequentiert, wollten dort an manchen Tagen die Gäste durch massenhaftes Auftreten gute Lau-
ne provozieren. Halbnackte Hoppel-Horden, die sich stunden-
lang aneinanderdrückten, so dass auch ihren Ausdünstungen
kein Platz zur Entfaltung mehr blieb. Eine wabernde Masse,
so instabil wie Götterspeise, die so geistlos war, wie der luft-
leere Raum über ihr.

Die beiden hünenhaften Türsteher der ›Kokolores‹, genannt
›Wampo und Stupido‹, sorgten mit Präsenz und Wortgewalt
für geordnete Ausgelassenheit. Sie waren Meister im Hand-
auflegen, das in der Regel einer Aufforderung zum Verlassen
der Bar gleichkam.

Ich war zwar Stammgast der ›Kokolores‹, wusste aber über
Wampo und Stupido nur, dass sie Brüder waren. Ihre richti-
gen Namen kannte ich nicht.

Wampo trug an diesem Abend ein viel zu enges schwarzes
Stretch-Oberhemd mit hochgekrempelten Ärmeln, unter denen einige seiner zahlreichen Tätowierungen hervorlugten.
Stupido war ein wenig besser gebaut als sein Bruder, und präsentierte sich in einem knappen, ebenfalls schwarzen T-Shirt
mit der Aufschrift ›Rein oder weg‹. Alles in allem sahen Wampo und Stupido wieder sehr wichtig aus.

Vor mir breitete sich der mit unzähligen Spiegelfliesen ver-
kleidete Tresen aus. Wie gewöhnlich nahm ich auf dem vier-
ten Barhocker von rechts Platz, mein Mobiltelefon griffbereit
auf dem Tresen vor mir abgelegt. So hatte ich zwar das bunte Treiben im Rücken, konnte aber durch leichte Blicke nach

links und rechts schnell erfassen, was hinter mir vor sich ging.

Hinter dem Tresen huschte von Zeit zu Zeit der Barkeeper vorbei, und bereitete mit flinken Fingern die von den Gästen eingehenden Bestellungen zu. ›Kleinhirn-Flip‹, ›Mega-Dombrowski‹, ›Café Serrano‹ und ähnlich anspruchsvolle Kaltgetränke. Der junge Mann trug ein unappetitlich gemustertes Kunstfaser-Hemd, stand aber glücklicherweise so weit von mir entfernt, dass ich nicht riechen konnte, was unter dem Hemd vor sich ging. Immer wenn er mit frisch kredenzten Leckereien an mir vorüberschwebte, erzeugte er einen kaum wahrnehmbaren Luftzug, der lediglich die mannigfaltigen Aromen der flüssigen Spezialitäten direkt in meine Nase lenkte. Der Barkeeper gähnte, als er mein Getränk mittig auf dem Tresen platzierte, und verzog dabei sein Gesicht zu einer Grimasse. Er warf einen Blick auf seine Armbanduhr, und vergaß kurz danach schon wieder, wie spät es gerade war. Im Spülbecken unter ihm blubberte genüsslich das Wasser vor sich hin. Der Spielautomat an der Wand spuckte ein paar quäkende Geräusche aus, als wollte er jemanden nötigen, Geld einzuwerfen. Ein Organist blätterte seine bunten Töne in den Raum. Farbenfrohe Melodien, die Funken der Freude sprühten. Das hob die Stimmung ungemein. Und eh man sich versah, floss angeregtes Gelächter durch die Bar, umspülte den Tresen, und schwämmte Trübsal von den Tischen.

In einer schummrigen Sitzecke war Pastor Pockenwurst, ein gerne aber selten gesehener Gast in der ›Kokolores‹, angeduselt im Schoß seiner Sitznachbarin eingeschlafen, und drohte, sich darin zu übergeben. An einer der mit Pannesamt verkleideten Wände hing ein üppig verzierter Goldrahmen, in den das Porträt eines bärtigen Mannes mit Ledermütze gezwängt war. Daneben stand, lässig an einem Glas Schaumwein nippend, Eddie Luckner. Luckner war ebenso unauffällig wie undurchsichtig, ein aalglatter Typ wie aus einem britischen Gangsterfilm, und geschmacklos gekleidet. Über einem hellblauen Rollkragenpullover trug er einen cremefarbenen, tailierten Nylonanzug und Turnschuhe ohne Schnürsenkel. Man erzählte sich, Luckner hatte sich vor etlichen Jahren irgendwo in Nord-Afrika durch zweifelhafte Geschäfte einen ebensolchen Ruf erworben, und sich ein kleines Vermögen zugelegt, um mittlerweile dem Dasein als Privatier fröhnen zu können. Auch sollte er angeblich etwas mit dem Verschwinden der Nase der Sphinx zu tun haben.

Ich erinnerte mich an ein kaputtes Foto, das ich einmal bei meinem Großvater gesehen hatte. Es zeigte Luckner, meinen Großvater und eine mir unbekannte dunkelhäutige Schönheit, deren Arme mit geometrischen Mustern tätowiert waren. Jeder der Drei hatte ein Kaltgetränk in der Hand, das mit aufgespießten Obstresten und einem Papier-Sonneschirm dekoriert war. Die Frau trug eine knapp geschnittene rote Lederweste, Haare wehten im Wind, und im Hintergrund war die Brandung des Meeres zu sehen. Offensichtlich wurde das Ganze an einer Strandbar aufgenommen. Der rechte Teil des Fotos war allerdings abgerissen.

Eine verdächtig hübsche junge Frau in einer ziemlich weit aufgenöpften schwarzen Bluse nahm auf dem Hocker zu meiner Rechten Platz. Ein paar Strähnen ihres leicht gewellten, schulterlangen Haares fielen ihr verwegen ins Gesicht. Durch ihren dunkelrot geschminkten Schmollmund schickte sie mir ein laszives »Hallo«, mit Pfefferminzaroma herüber. Ich interpretierte dies als Aufforderung zum Dialog, und sendete ein mehr oder weniger intelligentes »Hallo«, zurück.

»Ich wusste, dass Sie heute hier sein würden«, bemerkte der Schmollmund. Er versuchte vergeblich, einen halb geschmolzenen Eiswürfel aus seinem Kaltgetränk zu fischen. »Es ist schon erstaunlich, wie sich manche Dinge entwickeln«,

Ich überlegte, ob wir uns schon einmal irgendwo gesehen hatten. Ein Standard-Gedanke, den man hat, wenn man von vermeintlich Unbekannten angesprochen wird.

»Woher ..«, setzte ich an, doch kam ich nicht dazu, meine Frage auszuformulieren.

»Psssst«, stoppte mich der Schmollmund, indem er einen feuchten, eiskalten Finger auf meine Lippen legte. »Reden Sie nicht, Sie sind betrunken«

»Hä?! Ich habe bisher noch keinen Tropfen ..«

»Was darf´s denn sein?!«, gröhlte plötzlich die markant frisierte Bedienung dazwischen, und drückte ihr nach Kokos riechendes Dekolleté an meine Schulter. Dann drängelte sie sich von hinten zwischen uns, und wischte mit einem muffigen Lappen die Glasränder vom Tresen, wobei sie aus Versehen die kleine Porzellanvase mit der ebenso kleinen Kunststoff-Ranunkel umstieß.

Vorsorglich lies ich unbemerkt mein Mobiltelefon in meiner Umhängetasche verschwinden, die ich einmal von meinem Großvater geschenkt bekommen hatte. Sie hatte ein enormes Fassungsvermögen. Alles passte in sie hinein, ohne dass man es von außen erahnen konnte.

»Sehen Sie?!«, kam ich auf das Thema zurück.

»Haben Sie es gefunden?«, hörte ich den Schmollmund fragen, während ich versuchte, Porzellanvase und Ranunkel wieder dekorativ vor uns zu platzieren.

Weil ich überhaupt nicht wusste, von wem oder was die Rede war, und ich deswegen nicht fähig war, kurzfristig zu antworten, fuhr der Schmollmund fort: »Es ist sehr wichtig, dass Sie es finden«, Der Schmollmund hörte sich nachdenklich an: »Wissen Sie … eine Geschichte, die nie zu Ende geht. Ein Finale, das nirgendwo geschrieben steht. Ein Märchen mit viel zuviel Realität ..«

»Wovon sprechen Sie eigentlich … kann es sein, dass Sie mich mit irgendjemandem verwechseln?!«, unterbrach ich den Schmollmund. Ich wurde von einer Fruchtfliege abgelenkt, die im Schein einer der herabhängenden Tresenlampen als kleiner Lichtpunkt vorbeischwebte.

»Verwechseln?! Niemals. Das ist völlig unmöglich. Schließlich hat Ihr Großvater ..«

»Herrschaften, wollt Ihr nun was trinken?!«, Die wohlgeformte Bedienung stand immer noch mit ihrem muffigen Lappen hinter uns.

Da flatterte ganz unerwartet ein Zitronenfalter zwischen uns hindurch auf den Tresen und faltete sich selbst auf links. Als der Barkeeper aufhörte, ins blubbernde Spülwasser zu glotzen, und wieder aufblickte, war der verdächtige Schmollmund verschwunden. Nur ein paar Schwaden süßlichen Parfumdufts in der Luft ließen darauf schließen, dass da eben noch jemand auf dem Hocker neben mir gesessen hatte.

»Nein, das glaube ich nicht. Das kann doch nicht sein«, dachte ich mir, während ich unbewusst auf das hinter dem Wirt an die Wand genagelte, überaus kitschige, kleine Bild einer übergewichtigen, geflügelten Putte starrte.

Der reichhaltige Fundus meines Kurzzeitgedächtnisses wurde um ein paar liebevolle Kleinigkeiten erleichtert. Der Organist spielte ein letztes, irritierendes Lied.

Mich an meinem Kaltgetränk festhaltend, beobachtete ich eine Weile die in den gläsernen Regalen hinter dem Tresen aufgereihten Flaschen. Angestrengt dachte ich darüber nach, ob ich bei meinem nächsten Besuch mal eine andere Leckerei probieren sollte, und woher der Schmollmund meinen Großvater hätte kennen können. Da fiel mir auf, dass sich die Einrichtung hinter mir in Bewegung setzte. Ich war definitiv nicht alkoholisiert. Mein Barhocker wackelte zwar, blieb aber standhaft. Vergeblich versuchten Wampo und Stupido, sich an der Wand festzukrallen, als das Mobiliar vom Boden abhob. Gedeckte und ungedeckte Tische, besetzte und unbesetzte Stühle, Blumenvasen und Gläser ... das gesamte Inventar samt Gästen zog hinter meinem Rücken vorbei, flog im Kreis um mich herum. »Der Wahnsinn nimmt seinen Lauf. Versuch bloß nicht, ihn zu bremsen. Warte einfach, bis es Bumm macht. Schön festhalten«, flüsterte mir jemand ins Ohr.

Mein Barhocker und ich, der Tresen vor mir, und der Barkeeper dahinter waren der Mittelpunkt des Spektakels. »Du solltest gehen«, meinte das Kunstfaser-Hemd, während der damit bekleidete junge Mann mit seiner schnoddrigen Schürze ein frisch gespültes Glas abtrocknete und dabei zum wiederholten Male auf seine Armbanduhr blickte.

Nach einem letzten und hastigen Schluck verließ ich meinen Platz am Tresen. Ich manövrierte mich durch die umherfliegenden Einrichtungsgegenstände und warf dem ein oder anderen vorbeiziehenden Gast, dessen Weg ich kreuzte, ein knappes »Hallo«, oder »Entschuldigung«, zu. Aus den Augenwinkeln konnte ich erkennen, dass der Barkeeper mir zum Abschied leise zuwinkte. Eddie Luckner hatte derweil unbemerkt die ›Kokolores‹ verlassen.

Ich stand vor der Bar, und hatte merkwürdigerweise immer noch die Kunststoff-Ranunkel in der Hand. Ich warf Sie energisch fort. »Sowas!«, dachte ich laut. Über mir brutzelte die Neonreklame der ›Kokolores‹. An der Wand hing ein ausgewaschenes Plakat, auf dem Stand: »Kommen Sie in den Norden. Alles zum halben Preis!«

Über der Straße lag der Duft von nassem Käse, Greyerzer oder Stilton. Zäh und lieblos schmiegten sich immer schwerer werdende Gewitterwolken an den Himmel und kündigten einen Wetterumschwung an. Das Wetter war nicht das, was es mal war. Es spielte nicht mehr mit, sondern ärgerte die Menschen mit seinen Kapriolen. Ich erwartete, dass es ordentlich krachte, aber es tat sich nichts. Stattdessen begann ein Schwall dreister Töne, der wie ein Schwarm Mücken durch die Luft taumelte, mich sirenengleich in seinen Bann zu ziehen. Die Töne kamen aus der nächsten Nebenstraße.

Drei

Ich warf einen Blick um die Ecke. Stocksteif stand ein zinnoberrotes Marzipanklavier in der Nebenstraße, in all seiner Pracht und frei von jeder Regung. Ganz leise, kaum wahrnehmbar, bog es sich in unnachahmlicher Weise eine obskure Melodie zurecht.

»Da sind Sie ja endlich«, Ein kleiner Mann in Smoking und roten Lackschuhen saß am Marzipan-Klavier, erhob sich kurz, und begrüßte mich mit einem kräftigen Handschlag. Dann widmete er sich sofort wieder seinem virtuosen Spiel. »Eine interessante Installation haben Sie da vollführt. Großartig! Ich hoffe, die Dame hat sie in der Bar nicht belästigt. Tja, so ist sie nun mal, etwas voreilig. Nehmen Sie doch Platz«

Ich schaute mich um. Da ich aber auf der Straße keine Sitzgelegenheit ausmachen konnte, blieb ich stehen.

»Ihnen ist hoffentlich klar, weswegen sie Sie angesprochen hat?«, fragte mich der Pianist, während er weiter in die Tasten haute.

»Äh ... nein«, antwortete ich zögerlich.

»Es geht um Ihren Großvater. Genauer gesagt: um seinen Garten. Waren Sie mal dort?«

»Natürlich«

»Ein wunderschöner Garten. Und vor allem sehr alt. Älter als Ihr Großvater nämlich. Ein Garten voller Geheimnisse«, Der Pianist variierte raffiniert sein Tastenspiel. »Hat Ihnen Ihr Großvater von den Baumzwergen erzählt?«

»Von was?«, Ich glaubte, nicht richtig zuzuhören.

»Ach, kommen Sie. Sicher hat er das«

»Hat er nicht«

»Doch, bestimmt«, Sagte der Pianist sanft, und versuchte zusätzlich, mich mit einer seichten Melodie einzulullen.

»Bestimmt nicht!«, stellte ich entschieden fest.

Ein falscher Ton entfleuchte dem Marzipan-Klavier. Der Pianist korrigierte seine Unstimmigkeit, ersetzte den Ton durch ein paar wohldurchdachte Akkorde, ließ der neuen Melodie die Freiheit, sich kurzzeitig ums Klavier zu wickeln, und wandte sich dann wieder mir zu. »Also gut, passen Sie auf: Überall wo es Bäume, Hecken oder Sträucher gibt, gibt es auch Baumzwerge. Man sieht sie nicht, aber sie sind da. Denn sie zeigen sich den Menschen nicht«

Ob der Tatsache, dass mir jemand weismachen wollte, es gäbe unsichtbare Zwerge, schaute ich etwas ungläubig, aber der Pianist fuhr fort: »Bestimmt sind Sie schon einmal durch den Wald gegangen, und haben merkwürdige Geräusche im Unterholz gehört. Und wenn Sie sich dann umgeschaut haben, konnten Sie nicht entdecken, was diese Geräusche verursacht hat, richtig?!«

Ich nickte.

»Das waren Baumzwerge! Immer wenn man versucht, sie zu sehen, verstecken sie sich blitzschnell. So einfach ist das«

»So einfach ist das nicht«, bemerkte ich. »Denn was hat das mit meinem Großvater zu tun?

»Ihr Großvater hat den Baumzwergen in seinem Garten etwas hinterlegt, und das haben die dann versteckt. Das machen die so«

»Und weiter?«

»Es war ein Buch. Ein sehr altes und wichtiges Buch«

»Also ich habe im Garten meines Großvaters nie ein Buch gesehen. Und wenn ich dort eins gefunden hätte, dann ..«

»Ach, papperlapapp!«, Der Pianist wurde langsam etwas unwirsch, und verhaspelte sich ein zweites Mal in seinem Spiel. »Sehen Sie zu, dass Sie dieses vermaledeite Buch finden! Sie können sich gar nicht vorstellen, wie lange bereits nach diesem Buch gesucht wird. Jahre ... ach, was rede ich ... Jahrzehnte!«

»Dann kommt es auf ein paar Tage mehr auch nicht an«, dachte ich, und fragte den Pianisten: »Was ist an dem Buch denn so wichtig?«

»Tja, wenn ich das wüsste, würde ich hier nicht sitzen. Ich bin lediglich ein kleines Glied in einer Kette von Ereignissen ... eine Geschichte, die nie zu Ende geht«, Letzteres hatte ich schon einmal irgendwo gehört.

»Und wenn ich das Buch finde, was dann?!«, hakte ich nach.

»Dann kommt jemand, um es abzuholen«

Plötzlich klingelte mein Mobiltelefon. Ein tiefes Brummen kroch mir aus meiner Umhängeasche entgegen. Ich griff instinktiv hinein. Das Telefon vibrierte. Erst ganz leicht, dann immer stärker, so dass ich es kaum halten konnte. Das Brummen erfüllte die ganze Nebenstraße, und wurde immer lauter. Ohrenbetäubend ließ es alles erbeben. Mülltonnen, die ich vorher nicht bemerkt hatte, fielen scheppernd zu Boden und verteilten ihren stinkenden Inhalt auf der Straße. An einer Hauswand kippte ein Schirmständer um. Die darin befindlichen Schirme klappten auf, und tänzelten davon. Eine halbe Banane schmolz auf dem Asphalt entzwei.

»Geht das auch ein wenig leiser?!«, schimpfte jemand aus einem offenen Fenster in den oberen Stockwerken, und drohte uns mit einem vollgeschäumten Rasierpinsel. Irgendwo bellte ein Hund.

»Was machen Sie denn da?!«, schrie der Pianist, während er versuchte, fast waagerecht in der Luft schwebend, sich am Marzipan-Klavier festzuhalten, um nicht aus der Nebenstraße gefegt zu werden. Spielen konnte er nicht mehr. »Was soll denn das?! Legen Sie auf, Mann!«

Leichter gesagt als getan. Es war gar nicht so einfach, den Anruf an dem Telefon, das durch das Brummen ein Eigenleben bekommen hatte, zu beenden. Aber als ich es unter Einsatz meiner beiden Hände endlich geschafft hatte, trat eine herzerfrischende Ruhe ein. Mit einem erleichterten »Puh«, ließ der Pianist sein Klavier los, zupfte sich Krawatte und Smoking zurecht, und strich sich seine abenteuerliche Frisur in Form. Mit den Worten »Das war nicht lustig. Da hätte ja sonstwas passieren können«, schaute er mich böse an.

Ein Pfiff aus heiterem Himmel. Der Pianist klappte eilig sein Klavier zusammen, klemmte es sich als kleinen Koffer unter den Arm, und ging. Ohne sich zu verabschieden, ließ er mich einfach stehen. Ich nahm auf der Klavierbank Platz und guckte ihm etwas verwirrt hinterher. Es kam noch schlimmer: Das Licht ging aus.

Vor mehreren Jahren in Marokko:

Gerade schmiss die Morgensonne ihre ersten warmen Strahlen über die bleichen Dächer der Altstadt von Essaouira, einer Hafenstadt an der marokkanischen Atlantikküste, da betrat ein Mann in einer lila-orange geblümten Kittelschürze den Balkon seines 1-Zimmer-Appartements im Hotel ›Cerf de Pourri‹. Er breitete die Arme aus, holte tief Luft und rief: »Ich bin Mbutu Kwutelesi, euer Bürgermeister!«

Aus seinem kleinen Laden von der anderen Straßenseite hätte Hippolith Mombusa dieses morgendliche Schauspiel beobachten können, wäre er nicht kurzzeitig in seiner Küche verschwunden, um sich ein Mettbrötchen zuzubereiten.

Als er samt Brötchen in den Verkaufsraum zurückkehrte, bemerkte Mombusa die Menschengruppe, die sich vor dem Hotel versammelt hatte, und wild gestikulierend mit dem Mann auf dem Balkon debattierte. »Was denn für ein Bürgermeister?!«, »Da kann ja jeder kommen!«, »Bürgermeister von was, bitteschön?!«, riefen sie zu dem fremden Mann hinauf.

»Ich bin der Bürgermeister von Afrika!«, rief Kwutelesi.

Lachend und johlend löste sich die Menschengruppe auf. Einzig Mombusa, der sich zwischenzeitlich zu ihnen gesellt hatte, blieb vor dem Hotel stehen, und schaute sich um, während er den letzten Bissen seines Mettbrötchens genüsslich zerkaute.

Kurz bevor Kwutelesi ihm noch etwas vom Balkon zurufen konnte, klingelte Mombusas Mobiltelefon. »Mombusa?«, meldete er sich.

»Eddie hier. Es ist soweit«

»In Ordnung. Was soll ich tun?«

»Wann kannst du in Al Massira sein?

Mombusa dachte kurz nach. »In drei bis vier Stunden«

»Das hört sich gut an. Ich werde dir ein Flugzeug schicken, das dich dort abholt«

Schon wenige Stunden später saß Mombusa im Cockpit einer Piper PA-23 Aztec auf dem Weg nach Südamerika. Neben ihm, am Steuer des zweimotorigen Leichtflugzeugs, saß Jeff Brumwind, ehemaliger Kampfpilot der Royal Air Force und, wie er während des mehrstündigen Flugs verriet, leidenschaftlicher Sammler von antikem, mechanischen Blechspielzeug.

Die Maschine landete auf dem ›Auyan-Tepui‹, einem 700 km² großen Tafelberg im Süden Venezuelas. Brumfield und Mombusa überquerten den ›Salto Angel‹, den höchsten Wasserfall der Erde, und erreichten nach wenigen Stunden eine Siedlung.

Aus Baumwurzeln geflochtene Hütten standen auf Stelzen an den breiigen Hügeln des dichten Urwalds. Aus einer dieser Hütten, an der sich einige Kräuselparadieskrähen um ein Lagerfeuer versammelt hatten, stürzte eine Person, in einem flauschigen Umhang gewickelt, auf Mombusa zu: »Willkommen in ›Vegerancia‹, dem Dorf der zwei Monde! Gerne verkaufe ich Ihnen meine Blumenkohlsammlung!«

»Schon wieder jemand, der offensichtlich nicht alle Tassen im Schrank hat«, dachte Mombusa.

Er und Brumfield passierten ein paar weitere Hütten bis sie einen wurzelüberwucherten, steinernen Bau erreichten, der wie eine Miniaturausgabe einer Maya-Tempelpyramide aussah. Der Eingang lag am Ende einer kurzen Treppe. Innen sah es unbeschreiblich aus. In der Luft hing ein Geschwür aus Schatten-Qualm, so dass Mombusa und Brumfield kaum etwas erkennen konnten. Es roch nach einer Mischung aus herzhaftem Käse und hygienisch einwandfreiem Kunststoff. Fast wäre Mombusa in einen geöffneten Kühlschrank gestolpert, der vor ihm auf dem Boden lag, aber Brumfield zog ihn rechtzeitig beiseite. »Da ist sie«, sagte er und blickte zur Seite.

Auf dem Boden stand eine in staubige Leinentücher gewickelte Kiste in der Größe eines Schuhkartons. Darauf lag ein ledriger Schrumpfkopf mit traurigem Gesicht.

»Na, dann«, meinte Mombusa, beförderte mit einem gezielten Tritt den Schrumpfkopf zur Seite, schnappte sich die schmuddelige Kiste und klemmte sie sich unter den Arm.

Vier

Das Licht ging wieder an. Ich saß in meiner Wohnung auf einem Stuhl aus himbeerfarbenen Gelee und lauschte dem feisten Geseire eines Stücks Kernseife: »Oh nein, oh nein. Sie haben da etwas an Ihrem Kinn hängen. Ein Chamäleon. Spagatmachend.«, Auf meinem Anrufbeantworter sang der Gernot ein Lied über Einsamkeit und Kerzenwachs. Schnippisch. Ein Regenwurm tänzelte über meinen okkerfarbenen Nierentisch, als folge sein Weg einer unsichtbaren Schablone.

Fast hätte Ich die blassblaue Blase nicht bemerkt, die schon seit geraumer Zeit an der Zimmerdecke zu schweben schien.

»Hallo«, sagte die Blase in einem etwas wabernden Tonfall.

»Hallo«, wunderte ich mich. »Wer bist denn du?!«

»Ich bin eine blassblaue Blase. Ich dachte schon, du bemerkst mich gar nicht mehr«

»Seit wann bist du denn schon hier«, fragte ich.

»Och ...«, antwortete die Blase verlegen, »... seit geraumer Zeit. Das weiß man nie so genau. Mal so, mal so. Kommt darauf an. Weiß ich auch nicht.«

»Und was machst du hier?«

»Äh ... eigentlich nichts. Kommt darauf an ...«

»Kommt auf was an?«

»Auf ... die Zeit. Ich bin nämlich eigentlich gar nicht hier ... und eigentlich auch wieder doch ... von außen betrachtet ... aber ...«

Plötzlich hüstelte die Blase ein paar Mal, und platzte schließlich mit einem lauten Knall. Blaue Fetzen flogen durchs Zimmer, und mein Gelee-Stuhl wackelte. Und dort, wo eben noch die blassblaue Blase zu schweben schien, prangte nun ein nicht ganz mannshohes Loch mit glühenden Rändern in der Wand. Es roch nach verbranntem Holz.

»Das ging mir jetzt ein bißchen zu schnell«, dachte ich in mich hinein, denn wann hat man schon mal die Gelegenheit, sich mit einer sprechenden Blase zu unterhalten.

Ganz flink formte ich mir aus meinem Gelee-Stuhl eine provisorische Treppe, um zur Zimmerdecke hinaufzusteigen. Weit unter mir verschwand das Stück Kernseife am Horizont, und mit Erstaunen musste ich feststellen, dass der Regenwurm zum Sprung auf die Jardiniere ansetzte, obwohl er an diesem hübschen Gefäß noch nie Gefallen fand. Als ich endlich das Loch erreichte, klingelte mein Mobiltelefon, das den ganzen beschwerlichen Weg zur Zimmerdecke nicht von meiner Seite gewichen war. Ich nahm den Anruf vorsichtig an, merkte, dass diesmal kein Brummen zu hören war, und ließ den Anrufer wissen: »Hallo, hier bin ich«

»Ja, und hier bin ich.« Am anderen Ende der Leitung vernahm ich die Stimme des Gernots. »Hör mal ...«, sagte der Gernot, »... sei vorsichtig. Wahrscheinlich wird einiges passieren. Und das ein oder andere wird dir sicherlich sehr merkwürdig vorkommen. Aber das ist der Lauf der Dinge. Ich werde mich wieder melden.« Dann legte er auf.

Ich kroch durch das Loch hindurch.

Ganz unerwartet fand ich mich in einem mittelalterlichen Festsaal wieder. Brokat-Gobelins, Rüstungen und antike Waffen an den Wänden, und neben mir ein Kaminfeuer, welches lieblos vor sich hin knisterte. In der Mitte des Saals, auf einer etwa drei mal drei Meter messenden Lakritzschnecke, stand ein kleines, feines Frisiertischchen, auf dem sich ein paar Kreuzspinnen räkelten. An der Seite des Tischchens, im Schein des Kaminfeuers, saß ein pfeiferauchendes Wichtelmännchen, das mich sichtlich erfreut empfing.

»Ich habe Sie schon erwartet«, sagte es freundlich, erhob sich und machte einen Diener. Das Wichtelmännchen trug glänzend-rote Stiefel, eine grüne Cordhose, eine ebensolche Jacke, und lüftete zur Begrüßung seine blau-weiß gestreifte Pudelmütze. Es bat mich höflich, mich mit ihm an das Frisiertischchen zu setzen.

»Herrlich, nicht wahr?!«, fing es die Unterhaltung an. »So ein Kaminfeuer ist doch etwas Feines. Es spricht alle Sinne an und ist doch so abstrakt.So primär in seinem Wirken, so sekundär in seiner Erscheinung.«

Ich nickte dem Wichtelmännchen freundlich zu, auch wenn ich keine Ahnung hatte, wovon es sprach.

»Hören Sie ...«, flüsterte das Wichtelmännchen, als es sich zu mir hinüberbeugte, und aus seinen Augenwinkeln den Festsaal begutachtete, als würde uns jemand belauschen. »... das muss jetzt unter uns bleiben: es ist immens wichtig, dass Sie mir das Buch bringen. Sie haben es doch, oder?!«

Ich räusperte mich ein paar Mal, und verjagte so die Kreuzspinnen vom Tischchen. »Äh ...«, ich zögerte, und sagte es dem Wichtelmännchen direkt in sein hinter einem buschigen Bart grinsendes Gesicht. »… nein. Aber verraten Sie mir doch, was es mit dem Buch auf sich hat.«

Das Wichtelmännchen sagte zunächst nichts. Das Grinsen verschwand aus seinem Gesicht. Ernst und kreidebleich starrte es mich mit weit aufgerissenen Augen an, sprang plötzlich wie von der Tarantel gestochen auf und hüpfte wild keifend durch den Saal. »Er hat es nicht! Er hat es nicht!«, schrie es.

Nun verließ auch mich meine Seelenruhe. Ich griff mir eine herumliegende Architektur-Zeitschrift, und schlug mit ihr und voller Wucht ein paar Mal auf das Frisiertischchen. »Kann mir mal jemand verraten, was hier los ist!«, entfuhr es mir. Die Waffen und Rüstungen an den Wänden schepperten, ein Prunkharnisch fiel zu Boden und schmolz auf der Stelle dahin. Die prächtigen Farben der Gobelins verblassten. Alles verbog sich.

Augenblicklich verwandelte sich das Wichtelmännchen nebst Festsaal in flüssige Schokolade. Innerhalb weniger Sekunden verrann die ganze leckere Szenerie.

Fünf

Das bräunliche Gematsche war kein schöner Anblick. Es erinnerte mich an den Komposthaufen im Garten meines Großvaters, in dem ich früher einmal meine Lieblingsmurmel, die mit den tollen blauen Verwirbelungen, verloren und nie wiedergefunden hatte. Mein Großvater kaufte mir zwar eine neue, aber die war nicht so schön.

Irgendetwas tropfte mir kühl in den Nacken. Ich drehte

mich um und stand in prasselndem Regen. Im Morgengrauen, mitten auf der Klatschmohnwiese im vom Regen aufgeweichten Boden.

Menschen, die ich vorher noch nie gesehen hatte, waren zusammengekommen und starrten ungläubig in den Himmel. Auf der einen Seite war schon die Sonne zu sehen und schickte den davonziehenden Regenwolken ein paar wärmende Strahlen hinterher. Auf der anderen Seite schwebte die verblassende angenagte Scheibe des Mondes. Dazwischen aber war ein merkwürdig leuchtendes Objekt zu sehen. Ein besonders strahlender Lichtpunkt, umgeben von einer rot leuchtenden Wolke. Mein Physiklehrer Herr Knüplkopp hätte das Ganze wahrscheinlich als ›rötliches Gefratze‹ bezeichnet.

Hinter mir rief jemand meinen Namen, und ich drehte mich um. Mit einem leicht lädierten Regenschirm, auf dem ein fröhliches Eichhörnchen mit großen Zähnen abgebildet war, eilte mir durch den Regen eine untersetzte Missgestalt entgegen. Es war Hippolith Mombusa, der namenlose Fischhändler, der außer mit Meeresgetier noch mit asiatischem Geschmeiß und exotischen Artefakten sein Auskommen bestritt. Mein Großvater hatte mir schon von ihm erzählt, und ich war ihm früher manchmal bei meinem Großvater begegnet. Meist saßen die Beiden zusammen am Küchentisch wenn ich kam, und spielten ›Elfer raus‹. Dann beendeten sie jedesmal ihr Spiel, Mombusa packte die Karten zusammen und ging.

»Kommen Sie mit. Ich muss Ihnen unbedingt etwas zeigen.« Mombusa griff mich hektisch am Ärmel, und ich spürte die Kraft seiner Pranke. Er wollte auf der Stelle kehrtmachen und mich mit sich zerren.

»Moment mal«, wollte ich ihn aufhalten. »Was ist denn hier los ... was ist passiert?« Ich schaute mich erschrocken um und sah nochmal in den Himmel zum ›Gefratze‹ hinauf.

»Keine Ahnung. Das weiß niemand«, antwortete Mombusa, und hielt seinen hübschen Schirm über mich. »Das muss in der Nacht geschehen sein. Aber jetzt kommen Sie. Sie werden es kaum glauben!«

»Darf ich mal fragen, was alle Welt plötzlich von mir will?!«, beschwerte ich mich, als wir mit saftig schmatzenden Schritten über die matschige Wiese eilten und die Straße überquerten.

Der Regen hielt was er versprach. Mit völlig durchnässten Hosen und Schuhen verschwanden wir in einem Hauseingang und erreichten Mombusas Wohnung im Erdgeschoss des Gebäudes.

Ein überaus kräftiger orientalischer Schnaps, der mir fast die Sinne aus den Gedärmen trieb, sorgte dafür, dass meine Klamotten im Nu trocken waren. Dann zeigte mir Mombusa stolz seine Überraschung: Er legte ein großformatiges Buch mit speckigem Ledereinband, auf dessen Vorderseite das verzweigte Geäst eines alten Baums geprägt war, vor mir auf den Tisch. Womöglich das Buch, hinter dem alle her waren? Das aufregendste an dem Ding war allerdings, dass alle Seiten leer waren.

»Na, habe ich zuviel versprochen?!«, fragte Mombusa, nicht ohne dass etwas Eigenlob mitklang.

»Wo haben Sie das her?«, reagierte ich leicht beeindruckt.

Mombusa präsentierte mir eine abenteuerliche Geschichte, und aus seinen Erzählungen zu schließen, war es nicht leicht, das Buch zu beschaffen. Das grandiose Meisterwerk war nicht erpicht darauf, entdeckt zu werden. Es lagerte versteckt am ›Weiher vor dem Hain‹, einem beliebten Ausflugsziel in unserem Stadtpark. Baumzwerge hatten es wahrscheinlich dorthin gebracht, kurz nachdem mein Großvater verschwunden war. Und Mombusa hatte es entdeckt, als er mal wieder am Weiher Angeln gehen wollte. Das Buch, glücklicherweise vom Brackwasser verschont, lag unter einem üppig bemoosten Stamm eines umgestürzten Baums, und Mombusa hätte es wahrscheinlich nicht entdeckt, wenn ihm nicht just an dieser

Stelle des Weihers seine Luftbatterien in den Matsch gefallen wären. Es gab nur ein Problem: Eine Gruppe Spring-Schildkröten hatte sich die gleiche Stelle ausgesucht, um dort zu rasten. Spring-Schildkröten waren gefährliche Tiere. Sie waren zwar nicht so gefährlich wie die Thailändischen Tempel-Sperlinge, konnten einem aber böse blaue Flecken zufügen, wenn man von ihnen, mit dem harten Panzer voran, angesprungen wurde. Im Extremfall konnten die kleinen Tierchen sogar jemanden ins Land der Träume springen.

Mit einem raffinierten Trick, den Mombusa wahrscheinlich von einer seiner zahlreichen Reisen in ferne Länder mitgebracht hatte, mir aber nicht verraten wollte, hatte er sich das Buch aneignen können. Und nun lag es vor mir, das gute Stück, von dem der Pianist und das Wichtelmännchen gesprochen hatten ... vielleicht auch der Schmollmund. Was war an dem Buch so wichtig?

»Sie können das Buch behalten«, meinte Mombusa. »Ich brauche es jetzt nicht mehr.«

Durch Mombusas orientalischen Schnaps war ich mittlerweile ganz angeduselt. Nahezu geistesabwesend. Leidlich aufgelöst in Imagination. »Na, denn. Vielen Dank«, verabschiedete ich mich von Mombusa, stopfte das Buch in meine Umhängetasche und verließ die Wohnung durch das Küchenfenster. Der Chor der Fliegenfänger fing an zu singen. Gehirnschmalztreibendes Phasengewirk.

Sechs

Das herrische Schrillen meines Mobiltelefons ließ mich aufschrecken. Ich stieß mit dem Kopf an die Decke. Vielmehr an die Unterseite eines stabilen Kunststoff-Schreibtisches, unter dem ich lag. Wo war ich? Ein Specht, der gerade damit beschäftigt war, filigrane Muster in die holzvertäfelten Wände zu picken, warf mir einen strengen Blick zu.

»Ich kann nichts dafü«, versuchte ich, mich bei ihm für die Störung zu entschuldigen.

»Mich wird wohl kaum jemand telefonisch erreichen wollen«, erwiderte der Specht barsch. Hektisch fuhr er in seinem frohen Schaffen fort.

Mir fiel ein, was mich geweckt hatte. Bevor es einen erneuten Laut von sich geben konnte, griff ich behend mein Mobiltelefon und führte es vorsichtig an mein Ohr, um erst einmal zu lauschen, was sich am anderen Ende der Leitung tat. Nichts.

Aber es raschelte in der Wand. Der Specht unterbrach augenblicklich sein Tun. Und unter atonalem Getöse schälte sich ein korpulenter Mann im ausgewaschenen Trenchcoat und mit schmieriger Frisur aus der Holzvertäfelung. In einer Wolke aus Holzspänen stolperte er kurz durch den Raum, blieb abrupt stehen, schaute sich um und fegte sich ein paar Sägespäne von den Schultern.

»Soso, da wären wir also«, bemerkte er, während er mit den Händen seine Pomade-Tolle richtete, und zog dann einen Notizblock mit verbogenem Bleistift aus der Innentasche seines Trenchcoats. Er beugte sich zu mir herunter. »Lange Rede, kurzer Sinn: Ich bin der Sparkommissar. Sie sind verhaftet, und nun erzählen Sie mal.«

Ich krabbelte unter dem Schreibtisch hervor. Jetzt erkannte

ich, dass ich unter einem ›Igl Jet‹ gelegen hatte. Das futuristische Polyurethan-Arbeitsmöbel passte perfekt in das skurrile Ambiente des Raumes. Vom Boden vor der Wand, in der der Specht gerade sein kreatives Werk vollendete, strahlte mich ein giftgrüner Flokati an. Darauf waren ein paar Dosen britischer Baked Beans gestapelt. Vor einer zweiten Wand stand ein großer, aufblasbarer Kaktus, der mit einer schlecht gebundenen, braun-beige gestreiften Krawatte dekoriert war. An die ledergepolsterte Tür hatte jemand mit Klebeband einen Zettel angebracht, auf dem Stand: »Zähne putzen nicht vergessen«. Das Fenster des Raumes war mit einer einfachen weißen Gardine verschleiert, hinter der ich ein paar mickrige ausgeblichene Kunststoff-Grünpflanzen erkennen konnte.

Der Sparkommissar war sichtlich unruhig und trommelte mit dem verbogenen Bleistift auf seinem Notizblock herum.

Während ich versuchte, dem Sparkommissar zu erklären, dass man mir erst einmal erklären müsste, was eigentlich los war, machte der sich munter Notizen. Dann und wann entfuhr ihm ein dezentes »Aha«. Doch als er sich nach einigen Minuten seine Aufzeichnungen noch einmal durchlesen wollte, staunte der Sparkommissar nicht schlecht: Worte und Satzzeichen verschwanden vor seinen Augen, und erschienen kurz danach an anderen Stellen des Papiers. Der verbogene Bleistift wandt sich in seiner Hand. Der Sparkommissar konnte nichts mehr notieren, kaum noch etwas entziffern, und der Bericht ergab keinen Sinn mehr.

Der Sparkommissar warf seinen sinnlosen Bericht samt Bleistift auf dem Boden. Wütend zertrat er beides mit seinen Kreppsohlen-Monks. Verzweifelnd fluchend lief er im Kreis und verlor auf seinem Weg weitere Sägespäne. Da entdeckte ich ein geöffnetes Päckchen auf dem Boden. Ein kleiner brauner Karton, offensichtlich eilig aufgerissen. Nur ein handgeschriebener Brief auf einem linierten Blatt Papier lag darin: »Wie sind Sie hier hereingekommen? Ich kenne Sie nicht!

Also, wer sind Sie? Wieso antworten Sie mir nicht? Hallo! Ihnen sind wohl die Worte ausgegangen, wie? Wer Sie sind, hatte ich gefragt! Sie sind sehr unhöflich, wissen Sie das? Man stellt sich gefälligst vor, wenn man jemanden trifft. PS: Die hier beschriebenen Ereignisse stimmen nicht mit der Wirklichkeit überein!«

An der Decke hing eine kaputte Discokugel.

Der Sparkommissar und ich verließen den Raum. Durch die geöffnete Tür huschte der Specht an uns vorbei. Ich hörte den Sparkommissar fluchen, und folgte ihm durch einen langen Gang, der in einen größeren, bestuhlten Raum mündete, in dem es nach feuchten Akten und Bohnerwachs roch. Nur eine Handvoll Menschen war anwesend, aber ich kannte keinen von ihnen. Sie sahen alle sehr wichtig und misslaunig aus und begannen zu tuscheln, als ich den Raum betrat.

Eine junge Frau in einem schwarzen Nadelstreifenanzug stand an einem kleinen Schreibtisch, schaute erwartungsvoll in die Runde und mit strengem Blick zu mir herüber. Als nach ein paar Minuten Ruhe eingekehrt war, griff die Frau in ihre rustikale Leder-Aktentasche und zog eine Zeitschrift hervor. Die Frau rollte die Zeitschrift zusammen, setzte sie sich wie ein Megafon vor den Mund und verkündete: »Erheben Sie sich für die Katz!«

Als alle Anwesenden aufstanden, bemerkte ich, wie sehr es dabei staubte, und dass der Raum wohl nur sehr selten genutzt und noch seltener gereinigt wurde. Denn auf den Fensterbänken, auf den Stühlen und sogar auf dem Boden lag eine dicke Staubschicht. Das brachte mich auf eine Idee: Ich fing an, langsam auf der Stelle zu treten, um dann ganz plötzlich wie ein Berserker loszutrampeln. Es staubte gewaltig.

»Hören Sie auf damit und folgen Sie der Verhandlung!«, hörte ich jemanden rufen, irgendwo hinter der undurchsichtigen Wand aus Staub, die langsam den Saal füllte.

Viel erkennen konnte man nicht mehr, aber ein gezielter

Tritt von mir sorgte dafür, dass das Gesicht des Sparkommissars Kontakt mit dem Boden aufnahm. Auf einmal sprang hinter einem Rosenbusch jemand hervor und griff die Frau im Nadelstreifenanzug mit einem Gummischwert aus Stahl an. Der Specht flatterte vorbei. Es folgte ein furchtbares Durcheinander. Ein Schuss durchbohrte die Stille des Raums. Einer fiel um und blieb leblos in einer großen Staubwolke liegen. Der zufällig anwesende Leichenbeschauer diktierte noch ein paar Satzfragmente in sein Diktiergerät, und brach dann zusammen. Seine Designerbrille zerschellte am Boden. Der Leichnam tat so, als hätte er von alldem nichts bemerkt. Als sich der Staub gelegt hatte, leuchtete an der Rückseite einer Waschmaschine eine rote Lampe auf und zeigte damit an, dass das Flusensieb gereinigt werden musste.

Die allgemeine Aufregung gab mir die Gelegenheit, zu verschwinden. Ich war weg. Der Sparkommissar kam nach Stunden der Bewusstlosigkeit wieder zu sich. Er hatte alles vergessen.

Sieben

Ich weiß nicht mehr, wie ich nachhause kam.

Am nächsten Morgen machte ich mich auf den Weg. Ich wollte Eddie Luckner aufsuchen. Schließlich kannte er meinen Großvater und hatte vielleicht Interesse, herauszufinden, was mit ihm passiert war. Vor allem aber kannte er angeblich diesen und jenen, pflegte Kontakte nach hier und dort, und wenn man ein ernstes Problem hatte, war Luckner die erste Wahl, wenn es darum ging, dieses Problem aus der Welt zu schaffen. Vielleicht hatte Luckner außer der Nase der Sphinx auch sonst noch ein paar Dinge zu verbergen.

Als ich das Haus verließ, zeigte mir die Sonne ihre strahlenden Zähne, versuchte, sich am Horizont festzubeißen und schmierte meinen immer kürzer werdenden Schatten neben mir auf den Weg. Als ich an einem Supermarkt vorbeikam, warf ich einen Blick ins Schaufenster. Dort wurde auf einem großen Plakat immer noch das großartige 20teilige aufblasbare Budenzauber-Set angeboten, das ich mir als Kind gewünscht hatte. Die vor dem Eingang ausgehängten Zeitungen spien die üblichen Schlagzeilen aus.

Mit einem durchnässten Ringbuch in der Hand stand vor dem Supermarkt Herr von Stein, der im weiteren Verlauf der Geschichte total unwichtig sein und nicht wieder auftauchen würde. Er schaute in den Himmel und wartete auf die Rückkehr seiner heißgeliebten Federwölkchen. Ein paar Menschen scharten sich neugierig um ihn, andere umkurvten ihn mit ihren Einkaufswagen. Endlich bewegte sich sein Mund.

»Ich habe sie! Ich habe sie!«, rief er in die Stille hinein. »Ich habe sie! Und die Welt wird nicht erfahren, was ich da habe!« Er trat vor und sprach zu allen: »Ihr fragt euch sicher, wer ich bin. Na gut, ich will euch nicht zu lange warten lassen. Ich bin …«

Plötzlich ertönte ein gewaltiger Lärm am Ende der Straße. Herr von Stein wurde unterbrochen, und konnte eine gewisse Unmut nicht leugnen: »Der Boden wurde geküsst, auf dem ich laufe. Meine getragene Unterwäsche wurde mir vom Leibe gerissen«, rief er erbost. »Ich bin …«

Man sah sie erst nicht. Nur eine gewaltige Staubwolke war zu sehen. Dann hörte man ihre Füße. Die Füße sangen ein Lied. Die Melodie war so schön, dass selbst in der zig Kilometer entfernten Jugendherberge die Brezel aus den Fenstern flogen. Aber das störte hier keinen.

Ich wollte sehen, was da kam, und setzte mich auf einen

freien Stuhl des benachbarten ›Cafe Pöbelpott‹.

Und dann kamen sie! Aufgrund der gewaltigen Staubwolke, die sie begleitete, konnte man nicht erkennen wer sie waren. Man hörte nur ihre Stimmen.

»Ja!«, rief der Eine.

»Genau!«, meinte der Andere.

»Richtig!«, entgegnete der Erste entschieden.

»Sag ich doch!«, brüllte ihn der Zweite an.

»Meine Rede!«

»Und meine erst!«

»Und was darf es sonst noch sein?«, fragte die patente, mit weißer Bluse und schwarzem Rock adrett gekleidete Bedienung die beiden Witzfiguren, die aus der Staubwolke getreten und an einem der niedlichen Bistrotische neben mir Platz genommen hatten.

»Bitte ein Bananenschalen-Dessert mit absonderlicher Frequenz«, bestellte der Erste.

»Für mich bitte einen Fingerhut mit Mütze, weil es warm ist«, ergänzte der Zweite.

»Sehr gerne, die Herren!«, flötete die nette Bedienung und rauschte davon. Sie tänzelte um die Bistrotische herum, verschwand mit der Bestellung über alle Berge und wurde nie wieder gesehen.

»Da ist noch was zu retten ..«, sprach der Zweite und holte aus. Die Staubwolke verschwand, und mit ihr die beiden Herren.

»Ich bin ...«, hörte man erneut aus Richtung Supermarkt. Gerne hätten alle erfahren, wer Herr von Stein war. Aber das Stimmgewirr der Schaulustigen, die inzwischen den geheimnisvollen Redner umzingelten, unterbrach ihn ein weiteres Mal. Er schwieg.

»Herr von Stein, ...«, war aus dem Munde eines kleinen Mädchens zu vernehmen, das unerwartet vor ihm stand »... seien Sie nicht traurig. Auch Sie werden eines Tages den

Menschen finden, der Sie so nimmt, wie Sie sind.« Sie reichte ihm ein Gänseblümchen.

Und urplötzlich erschienen die von Herrn von Stein ersehnten Federwölkchen am Himmel. Eine imposante Formation, die die Menschengruppe dazu aufforderte, sich in alle Himmelsrichtungen auseinander zu dividieren, wobei einige der Charaktere wie animierte Knetfiguren die Straße entlang staksten und sich an der nächsten Biegung in Wohlgefallen auflösten. Herr von Stein lächelte zufrieden während er sein Ringbuch streichelte.

Keiner wusste, was passiert war.

Acht

Ich hatte den Eindruck, es roch nach Regen. Eine Erinnerung an meine Kindheit drängte sich mir auf: Es war Sonntag. Der Tag, an dem kleine Kinder früher immer schön angezogen wurden. Aber das war einmal. Das war lange her. Ein sonniger, warmer Tag. Wir hatten schon früh Schulschluss gehabt und ich war in den Wald gelaufen, der sich nahe des Hauses meines Großvaters befand. Ich tobte ausgelassen durch das kühle Gehölz. Die Zeit verging wie im Fluge und ehe man sich versah war es Abend. Schnell lief ich zu meinem Großvater nach Hause, damit sich niemand Sorgen machen musste. Außerdem stand das Abendessen sicher schon auf dem Tisch. Ich hatte wirklich großen Hunger.

Nach dem Essen sollte mir wie jeden Abend mein Großvater einen Schwank aus seiner Jugend erzählen. Mein furchtloser Großvater, der mit einem Klappspaten bewaffnet zwischen

Sauerampfer-Stauden und Stachelbeer-Bäumen imaginäre Eindringlinge aus unserem Garten vertrieb. Dies aber nur manchmal.

»Opa, was geschah denn, als Janina und der Jagdelefant auf den Jahrmarkt kamen?«, fragte ich meinen Großvater, der alles wusste.

»Mein Kleiner. Die kamen doch auf keinen Jahrmarkt!«

»Doch, Opa!«

»Wie kommst du denn darauf?«, fragte mein Großvater.

»Weil ich es will!«

»Nein, mein Kind. Pass gut auf ...«

Ich hatte zwar ein Lieblingskinderbuch, ›Die Hexe mit Ei‹, trotzdem erwartete ich, dass mein Großvater wieder nur so tat, als würde er mir vorlesen. Ohne ein Buch in der Hand. Denn mein Großvater erzählte Geschichten meistens aus dem Gedächtnis, oder er erfand spontan welche. Aber an diesem Abend war es anders. Er stand auf, öffnete die unterste Schublade seines enormen Wohnzimmerschranks, und nahm vorsichtig ein mit bunten Steinen besetztes Kästchen heraus. Mit den Worten »Ich habe ein Geschenk für dich« stellte er das in allen Regenbogenfarben glitzernde Kästchen vor mir auf den Boden.

»Danke, aber was ist das?«, fragte ich.

»Das ist eine Regenbogen-Schatulle. Von der gibt es nur noch ganz wenige auf der Welt.«

»Und was ist da drin?«

»Na, was glaubst du. Ein Regenbogen natürlich!«

»Ein Regenbogen ...« Ungläubig nahm ich das Kästchen in die Hände, und hätte beinahe den Deckel aufgeklappt.

»Vorsichtig!«, rief mein Großvater, dass ich mich erschrak, und das Kästchen fast fallen ließ. »Du darfst die Regenbogenschatulle niemals in geschlossenen Räumen öffnen.«

Die Sonne ging an diesem Abend etwas früher unter. Um genau zu sein ging die Sonne drei Stunden früher unter. Der

Tag war für die Sonne mies gelaufen. Die kleinen Häschen und die lieben Vögelchen zogen sich in ihre Bauten und Nester zurück. Der Sonntag war am Ende. Es kühlte sich merklich ab und es roch nach Regen.

Plötzlich fiel mir auf, dass ich anscheinend schon sehr lange an meinem Bistrotisch gesessen hatte, denn es war mittlerweile Nacht geworden. Oder deutete sich bereits der nächste Morgen an? Ich verließ das zwischenzeitlich geschlossene Cafe und schob mich hochkant die Straße entlang. Vorbei am Geschäft des Grimassen-Meisters, der just seinen Laden zugesperrt und sich zu einer mehrtätigen Rundreise durch verbale Missetaten auf den Weg gemacht hatte. Und vorbei an ›Tante Eberhardts Fachgeschäft für Ehe-Hygiene‹, in dessen Schaufenster auf einem grell beleuchteten Podest der ›Elektrolecker‹ angepriesen wurde.

Der fahl strahlende Mond warf in hohem Bogen sein bleiches Licht auf die Straße. Auf dem Fußweg reihten sich pittoreske Arrangements diversen Unrats aneinander. Die Leute die vor mir hier waren, präsentierten mir ihre unliebsamen Hinterlassenschaften. Der Hauch eines eisigen Windes streifte meinen Hinterkopf und verflüchtigte sich zwischen dem kahlen, im Mondlicht wie frostige Blitze anmutenden Astwerk einsamer Bäume. Eine Amsel flog mit einem Fisch davon. »Oh Flugangst«, sprach der Fisch. »Erst neulich hatte ich sie. Ich war Zaungast bei einer Hochhaussprengung.« Ein Labschaf saß am Wadi und las ein Ratespiel, als am Waldesrand ein Radieschen erschien und sich fragte, wie der Tag war.

Ich erreichte Luckners Haus als es schon wieder hell wurde. Der Morgennebel quälte sich über die brachliegenden Vorgärten. Der Horizont verschwamm, und es sah aus, als würde sich der Himmel etwas Land einverleiben wollen. Das Gras schüttelte sich die Tautropfen der letzten Nacht ab.

Bis auf die zwei Marmor-Frösche, die von links und rechts der Eingangstür jeden Besucher schon von Weitem debil anglotzten, war Luckners Haus ein schlichter weißer Bungalow, so langweilig wie ein Stück französischer Weichkäse im fortgeschrittenen Stadium seines Reifeprozesses. Es sah aus wie ein großer weißer Pappkarton mit hineingeschnittenen Fenstern, und lag inmitten einer korrekt geschnittenen Rasenfläche, die von zwei kugelförmigen Buchsbaum-Skulpturen verziert wurde. An drei Seiten wurde das Anwesen durch üppige Zypressen-Hecken eingerahmt, die das Grundstück uneinsehbar machten. Zur Strasse hin wurde es durch einen mannshohen gusseisernen Zaun abgegrenzt.

Neben der verschlossenen Pforte prangte eine Gegensprechanlage mit einem Teesieb-ähnlichen Lautsprecher. Ich drückte den darunter befindlichen Knopf und kündigte meinen Besuch mit einem freundlichen »Hallo« an.

»... as ... ollen ... ie?«, krächzte es abgehackt aus dem Lautsprecher.

»Ich werde erwartet«, gab ich vor.

»... inen ... oment.«

Nach wenigen Sekunden entriegelte die Pforte mit einem leisen Brummen und gab den Weg auf das fragwürdige Grundstück frei. Der frisch gehakte Kies schnarrte unter meinen Füßen, als ich nach einigen Metern die Eingangstreppe erreichte. Nachdem ich mir auf einer ausgelatschten Kokos-Fußmatte einige Kieskrümel von den Schuhsohlen getreten hatte, öffnete sich die Haustür. Ich betrat einen Korridor, der der Bezeichnung ›Gruselkabinett‹ würdig gewesen wäre. Arrangements aus kitschigen Devotionalien, mehrere Harlekin-Püppchen mit tumben Gesichtern auf einer leicht lädierten Empire-Chaiselongue, eine Ansammlung von Buddelschiffen verschiedener Größe, und fragwürdige gegenstandslose Kunst wohin man sah. Dieser Anblick und der letzte Rest der mit mir hereingewehten kalten Luft ließen mich erschaudern.

»Sie haben gelogen.« Eddie Luckner hatte hinter mir die Tür geschlossen, stand jetzt in einen wadenlangen, Glencheckgemusterten Mantel vor mir, und reichte mir zur Begrüßung die Hand. »Andererseits«, fuhr er fort, »habe ich tatsächlich erwartet, dass Sie irgendwann einmal bei mir vorbeischauen. Kommen Sie.«

Luckner führte mich in seine Bibliothek. Dicht an dicht gedrängte Bücher bildeten ein buntes Mosaik der Literatur. »Darf ich Ihnen etwas zu trinken anbieten?« Luckner öffnete eine in die Wand integrierte Minibar, wobei ihm ein kristallener Krug entgegen stürzte, dessen undefinierbarer aber saftiger Inhalt sich auf den Dielenboden ergoss. Ich verneinte Luckners Frage. »Kann passieren«, bedauerte Luckner mit Blick auf den saftigen Fleck am Boden, und schloss die Minibar wieder. Er ging zu seinen monströsem Schreibtisch, auf dem sich lediglich eine Lampe, ein Telefon, ein Bilderrahmen und eine getrocknete Thika-Nuss aneinanderreihten. Links und rechts des Schreibtisches schoben sich zwei Marmorsäulen mit Einschusslöchern in die endliche Höhe des Raums. »Ja ja, da war einiges los«, meinte Luckner, als er sah, dass ich die Einschusslöcher bemerkte. »Sie müssen wissen, die Säulen standen nicht immer hier. Aber das erzähle ich Ihnen lieber ein anderes Mal.«

Es roch mehr als merklich nach Reinigungsmitteln. Ich fühlte mich bei dem Duft an einen Zeitpunkt zurückversetzt, als ich in einem hautengen Synthetik-Pullover neben meinem Großvater auf der frisch gewienerten Terrasse seines Häuschens saß und ihm lauschte, als er von seinen Heldentaten im heimischen Garten berichtete.

»Fast hätten sie mich erwischt«, erzählte er damals mit stolzgeschwellter Brust. »Aber nicht mit mir! Ich nahm meinen Klappspaten ... und zack!«

»Und dann, Opa?«, fragte ich meinen Großvater, und war ganz gespannt, wie die Geschichte weiterging.

»Nichts. Sie waren weg«, antwortete er enttäuscht. »Aber ich weiß, dass sie wiederkommen. Das haben sie bisher immer getan. Diese Halunken. Die werden sich noch umsehen! Die Zeit gab es bereits vor der Zeitrechnung, und sie wird es auch noch geben, wenn alles andere, ja selbst das Licht und das Universum nicht mehr da sind.«

Damals verstand ich nicht, wovon er sprach, aber nun schwante mir, dass an den Geschichten meines Großvaters doch das ein oder andere Quäntchen Wahrheit dran sein könnte. Plötzlich holte mich Luckner unbeabsichtigt in die Gegenwart zurück: seines Mantels entledigt setzte er sich in seinen fäkalbraunen Ledersessel, der beim Platznehmen quietschte, als würde man auf einem knorpeligen Stück Fleisch herumkauen.

Neun

»Ich wusste, dass Sie vorbeikommen werden«, sagte Luckner. »Ich wusste zwar nicht ›wann‹, aber eben ›dass‹. Nur, ehrlich gesagt, weiß ich nicht wirklich, ›warum‹.«

»Haben Sie wirklich die Nase der Sphinx versteckt?«, fragte ich.

»Möchten Sie das tatsächlich wissen?« Luckner beugte sich vor, und wieder quietschte sein Ledersessel.

»Nein.«

»Also, worum geht es dann?«, wollte Luckner wissen. Ich bemerkte eine Prise Ungeduld in seinen Augen. Die ernst gemeinte Unterhaltung drohte, sich selbst ad absurdum zu führen, als eine Birne von der Decke fiel und einen Fettfleck imitierend am Boden zerbarst.

»Es geht darum, dass einige Leute etwas von mir wollen,

bzw. von meinem Großvater, der aber seit einiger Zeit verschwunden ist, und ich weiß nicht warum ..«, erzählte ich. »Und ich dachte ...«

»Sie dachten, ich könnte Ihnen helfen«, unterbrach mich Luckner.

»Genau.«

»Das kann ich in der Tat. Wenn auch nicht so, wie Sie es sich vielleicht erhofft haben. Ich weiß nämlich leider nicht wo Ihr Großvater ist. Ich weiß nur, dass er fortgebracht wurde.«

»Fortgebracht? Wohin? ... Warum?«, fragte ich verwundert.

»Zu seinem Schutz. Und zum Schutz der Gilde.«

»Nun lassen Sie sich doch nicht alles aus der Nase ziehen!«, Langsam wurde ich ungeduldig, zumal mein Gastgeber immer noch lässig in seinem quietschenden Ledersessel thronte, und sich genüßlich am Kinn grabbelte, als würden wir einen belanglosen Plausch halten. »Ich muss wissen, was mit meinem Großvater ist!«

»Die Sache ist die ...« Luckner versuchte, mich zu beruhigen. »... Ihr Großvater war Mitglied der ›Gilde der Ewigen Zeit‹. Die Gilde gibt es schon sehr viele Jahre. Sie beschützt die Zeit und die Menschen darin. Der Gilde nach gab es die Zeit bereits vor der Zeitrechnung. Sie ist für sie das älteste Gut, und hat oberste Priorität. Wenn ihr Gefahr droht, schreitet die Gilde ein. Und aus welchen Gründen auch immer hat ihr Großvater anscheinend Mist gebaut.«

»Und die Anderen?«, wollte ich wissen.

»Die Anderen ...«, Luckner überlegte. »... kenne ich nicht. Die wollten etwas von Ihnen, sagten Sie?!«

»Ja, genau. Das Buch.«

»Das Buch ...« Luckner ließ durch seine Schneidezähne einen leisen Pfiff entfahren, neigte seinen Kopf zur Seite, und schaute an die Decke. »Wissen Sie, das Buch ist nur ein Mythos. Manche behaupten, es enthalte die gesammelten Geheimnisse der Gilde. Andere meinen, darin fände man die

Antworten auf alle Fragen. Was auch immer dort drin stehen soll ... an das Buch glaubt schon lange keiner mehr.« Beim letzten Satz schnippte er mit den Fingern und sah mich wieder an.

»Die Anderen schon ... und ich habe das Buch«, stellte ich stolz fest, und drückte meine Umhängetasche an mich.

»Ach«, meinte Luckner kurz, und verdrehte dabei verächtlich seine Augen. Mit einem erneuten Quietschen stand er aus seinem Ledersessel auf. »Und was, meinen Sie, haben sie jetzt davon? Damit können Sie gar nichts anfangen. Sehen Sie selber ...« Luckner öffnete eine Schublade in seinem Schreibtisch und kramte zwei Bücher hervor. Beide großformatig und beide mit einem Ledereinband, in den ein Baum geprägt war. Er legte beide Exemplare vor mir auf den Tisch. Sie sahen völlig identisch aus, und – ich klappte beide auf – alle Seiten waren leer.

Luckner lehnte sich wieder in seinem Sessel zurück. »Es gibt mehrere davon«, erklärte Luckner. »Viele vielleicht. Ich habe das Alter dieser beiden Bücher mittels Radiocarbonanalyse schätzen lassen. Das Exemplar zu Ihrer Linken stammt aus dem Jahr 1709, das andere aus dem Jahr 1921.« Ich sagte nichts. »Da staunen Sie, was?!«

Luckner stand auf, öffnete eine weitere Schublade und bot mir aus einer bunten Porzellanschale ein paar offensichtlich selbstgebackene Kekse an. »Ich habe etwas für Sie.« Luckner stellte die Porzellanschale beiseite und holte unter seiner ledernen Schreibtischunterlage ein kaputtes Foto hervor. Offensichtlich war es der zweite Teil des Fotos, dass ich bei meinem Großvater gesehen hatte. Es zeigte den gleichen Strand, im Vordergrund einen Teil der Strandbar, im Hintergrund, dem Betrachter den Rücken zugekehrt, Hippolith Mombusa, den ich an dem mir schon bekannten Eichhörnchen-Schirm erkannte. Neben Mombusa stand eine weitere Person: ein hochgewachsener Mann in Kapitäns-Uniform.

»Das Foto kenne ich ... oder vielmehr habe ich die zweite Hälfte davon«, verriet ich Luckner.

»Das kann schon sein«, antwortete der, während er sich wieder setzte und die beiden Bücher in die Schublade zurücklegte.

»Wer ist der Mann in der Uniform?«, wollte ich von Luckner wissen.

»Das ist Oli Brimborium. Er hat früher einmal für mich gearbeitet. Ich habe schon lange nichts mehr von ihm gehört, aber soweit ich weiß, ist er wieder hier in der Stadt.«

»Wissen Sie, ob Brimborium etwas mit meinem Großvater zu tun hatte?«

»Tja, das müssen Sie ihn schon selbst fragen. Aber wenn sie einmal Hilfe brauchen ...«, meinte Luckner, und reichte mir eine Visitenkarte, »...rufen Sie mich an«

Als ich nach meinem Besuch bei Luckner wieder nachhause kam griff ich mir einen Block mit selbstklebenden Notizzetteln. Ich begann damit, alles aufzuschreiben, was in den letzten Tagen passiert war und was ich bisher über das Verschwinden meines Großvaters herausgefunden hatte. Die einzelnen Zettel klebte ich dann eine freie Wand in meiner Wohnung und versuchte dabei, die Informationen zu sortieren, um Verbindungen und Zusammenhänge erkennen zu können. Aber das Ganze hatte keinen geistigen Nährwert. Trotz vieler Zettel an der Wand war ich nicht schlauer als vorher. Wo war mein Großvater, welches Geheimnisse enthielt das rätselhafte Buch, was hatten alle diese merkwürdigen Gestalten damit zu tun ... was war hier eigentlich los?

Müdigkeit übermannte mich wie eine Portion Sahne, die eine kleine Erdbeere unter sich begräbt.

Irgendwoanders: Eine Tür flog auf. Eine Frau betrat ihr Haus. Sie gähnte und zog ihren Mantel aus, um ihn behend an die Garderobe zu hängen. Damit hatte sie auch schon ihre Schuldigkeit für den weiteren Verlauf der Geschichte getan.

»Oh, das war ein kurzer Auftritt«, sagte sie. »Na denn, viel Spaß noch!« Niemand konnte etwas mit dieser Äußerung anfangen.

Vor längerer Zeit in Schottland:

»Cheers, Herr Pastor!« Domhnall Gorrit hob einen kunstvoll gearbeiteten Quaich in die Höhe. Gorrits rosiges Gesicht glänzte im Licht der untergehenden Sonne. Sein uriges Cottage, aus Natursteinen gemauert, mit kleinen Holzfenstern und einer vom rauhen schottischen Wetter malträtierten Tür, warf einen langen Schatten auf die saftigen Wiesen der Grafschaft Midlothian, südlich von Edinburgh. In der Ferne konnte man die markigen Umrisse der Rosslyn Chapel erkennen, die durch hinwegziehende gigantische Wolkenteppiche abwechselnd in Licht und Schatten getaucht wurde. In diesem aus dem 15. Jahrhundert stammende Gemäuer, um das sich einige Mythen drehten – z.B. dass dort der Schatz der Tempelritter versteckt sei, oder in die Sandsteinfassade der Kapelle die Nase der Sphinx verbaut wurde – absolvierte Gorrits heutiger Gast, Johannes Pockenwurst, seit 14 Monaten sein Auslandsvikariat.

»Noch nicht, mein lieber Herr Gorrit«, entgegnete Pockenwurst. »Noch lange nicht. Ein paar Monate werde ich Ihrer Gemeinde noch Gesellschaft leisten.« Pockenwurst verzog das Gesicht, nachdem er einen kräftigen Schluck aus seinem Whiskyglas genommen hatte.

»Und dann gehts zurück in die Heimat, was?!«

»Richtig, mein Lieber. Aber bis dahin ...«

»Wie finden Sie ihn denn nun?«, fragte Gorrit ungeduldig.

Pockenwurst hielt sein Glas in die letzten Sonnenstrahlen, und dachte nach. »Rauchig, vielleicht.«

»Ein bisschen holzig, würde ich meinen«, entgegnete Gorrit und lächelte.

»Erdig, könnte man sagen«, meine Pockenwurst nachdem er kurz überlegt hatte.

Nun nahm Gorrit einen kräftigen Schluck. »Hm, torfig, denke ich«, resümierte er.

Pockenwurst nippte noch einmal an seinem Glas. »Auch ein bisschen karamellig, meinen Sie nicht?!«

Gorrit gab einen kurzen anerkennenden Pfiff zum Besten. »Sie haben's, Herr Pastor. Genau so!«

»Mein lieber Herr Gorrit, ich habe Ihnen doch schon gesagt …«, wollte Pockenwurst einwerfen.

»Und wissen Sie, wie ich ihn nenne?«, fragte Gorrit. Pockenwurst schüttelte den Kopf. »Ich nenne ihn ›Draoidheachd Croach‹.« Dabei machte Gorrit eine ausladende Armbewegung.

»Finden Sie den Namen nicht ein wenig … kompliziert?«, wollte Pockenwurst wissen.

»Natürlich. Das ist ja der Sinn der Sache«, antwortete Gorrit. »Und ich weiß auch schon, wem ich ein paar Kisten davon verkaufen kann.« Mit diesen Worten verschwand der Schotte in seinem Cottage und ließ Pockenwurst mit einem halbleeren Whiskyglas im Sonnenuntergang stehen.

Zehn

Am nächsten Morgen, die Sonne war gerade mal wenige Minuten zwischen Horizont und Wolkenformationen hervorgesprungen, verließ ich meine Wohnung, um an der frischen Luft etwas über die Geschehnisse der letzten Tage nachzudenken.

Viel Los war an diesem Morgen nicht. Das Morgengrauen lag auf der Lauer. Rauhreif bedeckte die am Boden liegenden, verblichenen Platanenblätter. Der kühle Morgenwind streichelte ein unfeines Lied durch die Büsche, als ich mit großen Schritten über die Klatschmohnwiese schlenderte.

Hippolith Mombusa stand in kurzer Hose und Sandalen im hohen Gras und betrachtete den Himmel. »Ein Kompliment für das nette Bild an der vergilbten Wand. Wahrlich ein prächtiges Werk. Und auch der Rahmen. Herzallerliebst«, murmelte er, bevor er sich plätzlich mir zuwandte: »Ist es nicht merkwürdig, was die Leute so reden? Manchmal glaube ich, alle Menschen sind krank. Im Kopf, meine ich. Wenn ich dann noch daran denke, dass die Erde nicht der größte Planet unseres Sonnensystems ist – nehmen wir nur mal den Saturn – und gleichzeitig daran denke, wie viele Verrückte auf der Erde Platz haben, wird mir Angst und Bange. Stellen Sie sich das doch nur einmal vor. Aus den unendlichen Weiten des Weltalls kommt ein Raumschiff auf die Erde, natürlich mit Außerirdischen an Bord. Die hatten irgendwelche uralten Radiosignale von uns empfangen, ihre sieben Sachen gepackt und sich auf eine jahrelange Reise zu uns gemacht. Und auf der Erde angekommen, was stellt sich da heraus?! Die wollen gar nicht die Menschheit vernichten. Nein, viel schlimmer! Die Außerirdischen, mit grüner Haut und putzigen Fühlern am Kopf, sind ein Haufen Verrückter! Womöglich noch verrückter als die Verrückten auf der Erde, und fühlen sich bei uns richtig wohl!«

Mombusa klatschte in die Hände, und rannte rasant über die Klatschmohnwiese davon.

Ich schlug mir den Kunstpelzkragen meiner Allwetterjacke zweimal um die Ohren. Binnen weniger Sekunden näherte sich ein undefinierbares fauchendes Rauschen. Ich bemerkte zu spät, dass sich durch den zunehmenden Wind ein Geschwader Thailändischer Tempel-Sperlinge aus den Büschen gelöst hatte, auf mich zu raste und mich hinterlistig anfiel. Das Geschwader traf mich mit voller Wucht am Hinterkopf. Mit dem Gesicht voran klatschte ich auf die Klatschmohnwiese.

Der zerfetzte blau-violette Himmel brach über mir zusammen. Wolkenknäuel schlugen rechts und links neben mir kleine Krater ins Erdreich. Hinter mir gurrte ein Uhu. Und dann war alles dunkel. Fast alles. Denn da war noch ein klitzekleiner Lichtpunkt, der ganz langsam immer größer wurde. Er schien bedrohlich näher zu kommen, als ich aufstand, und wuchs zu einer imposanten runden, leuchtenden Scheibe heran. Die Scheibe weitete sich unaufhaltsam in die Ewigkeit. Das Hier und Jetzt verschlang das Nichts. Eine unbändige Stille voller Gleichmut erschien. Und mittendrin sah ich mich mit einem karierten Einkaufsbeutel reden. »Laßt uns Feiern!«, rief ich den Nie-Dagewesenen zu, die sich längst schon abgewandt hatten, um ihrer Lieblingsbeschäftigung nachzugehen. Und im Übrigen schien es mir, als wäre es ihnen auch egal, welche obskuren Begebenheiten sich zutragen sollten.

Die unendliche Scheibe raste auf mich zu, und plötzlich war alles um mich herum weiß. Keine Formen, keine Konturen, keine Schatten. Einfach ein weißes Nichts, das mich derart brutal am Kopf traf, dass ich binnen weniger Sekunden wieder klar denken konnte.

»Und nun?!«, fragte ich in mich hinein.

Ich traute mich zunächst nicht, mich zu bewegen. Denn ich wusste ja nicht, was da neben mir oder unter mir war. Ich streckte meine Arme langsam nach vorne, und berührte … nichts. Ich streckte meine Arme zur Seite, nach oben, drehte mich um … überall nichts. Anscheinend nur der Boden unter mir. »Hallo?!«, zu rufen, hätte wohl keinen Sinn gemacht, war ich mir sicher.

Mit meinem rechten Fuß tastete ich in verschiedene Richtungen … Boden. Immerhin etwas. Also setzte ich vorsichtig einen Fuß vor den anderen, und schlich voran; weiterhin mit den Händen tastend, immer darauf vorbereitet, gegen etwas zu stoßen oder über etwas zu stolpern. Aber da war tatsächlich nichts.

Schon nach kurzer Zeit hatte ich mich an das weiße Nichts gewöhnt. Ich schlich nicht mehr, sondern schritt zügig voran. Es war wie Auf-der-Stelle-treten, nur dass ich mir ziemlich sicher war, mich auch tatsächlich fortzubewegen.

Plötzlich sah ich jemanden, eine Person, ganz klein, also ganz weit weg. Die Person schien auch mich zu bemerken, denn im selben Moment, als ich lauthals »Hallo!« rief und mit den Armen wedelte, wedelte die Person zurück. Zeitgleich rannten wir los, aufeinander zu. Und immer wenn ich der Person winkte, winkte die zurück. Hob ich meinen rechten Arm, hob die ihren linken. Ruderte ich mit meinem linken Arm, ruderte die mit ihrem rechten. Die Person schien auch in den selben Momenten zu rufen wie ich, nur hörte ich sie nicht. Sie bewegte sich wie ich, nur seitenverkehrt.

Je näher wir uns kamen, desto langsamer wurden wir. Als wir nur wenige Meter voneinander entfernt stehen blieben, musste ich überraschenderweise feststellen, dass ich das war, der da vor mir stand. Und als ich mir dann die letzten Schritte näher kam und mir wie zur Begrüßung die Hand entgegenstreckte, realisierte ich, dass sich ein gigantischer Spiegel vor mir erstreckte. Ein Spiegel, der das scheinbar unendliche weiße Nichts, das hinter mir lag, vor mir ins Unendliche fortführte.

Fast hätte ich vor Wut gegen die Spiegelwand getreten, was nicht ganz ungefährlich gewesen wäre, als ich bemerkte, dass sich mein Spiegelbild plötzlich langsamer bewegte als ich mich selbst. Es hakte und stockte, und für mehrere Sekunden war es sogar kleiner als ich, obwohl ich direkt vor dem Spiegel stand.

»Ja ja, zeitversetzte Spiegelung«, hörte ich jemanden sagen. »Keine Ahnung, warum. Aber Sie haben Glück: Sie sind vollständig.« Auf einem Campingstuhl mit floralem Kunststoffbezug saß eine mir unbekannte, ältere Dame in einem weißen Chiffonkleid und lächelte mich freundlich an.

»Vollständig?«, fragte ich.

»Na, Sie und Ihr Spiegelbild ... meins ist noch längst nicht angekommen.«

Jetzt fiel mir auf, dass ich die Dame wegen ihres fehlenden Spiegelbilds nicht bemerkt hatte. »Und was machen Sie hier?«

»Ich warte. Ich gehe doch ohne mein Spiegelbild nicht weg Nicht auszudenken! Womöglich sitze ich mal beim Friseur, und kann nicht sehen, was der mit meinen Haaren gemacht hat, weil mein Spiegelbild nicht da ist. Oder morgens im Bad ... schrecklich!«

Da hatte die Dame Recht: soweit hatte ich Glück. »Aber wie sind Sie hierher gekommen? Wie komme ich hier wieder weg?«

»Mit dem Fahrstuhl natürlich. Dort drüben.« Sie wies auf einen kleinen Knopf in der Spiegelwand, den ich sofort drückte.

Eine Fahrstuhltür pellte sich aus der Hochglanzoptik, zischte auseinander. Ich wollte dem weißen Nichts entfliehen und stieg kurzentschlossen hinein. Ohne dass ich einen Knopf betätigte, setzte sich die Fahrstuhlkabine in Bewegung. Ob nach oben oder nach unten, konnte ich nicht feststellen. Auf jeden Fall ruckelte es kräftig, so dass schon an der ein oder anderen Stelle die blecherne Fahrstuhlfassade ihren Geist aufgab, und enervierend klapperte. Aus dem Deckenlautsprecher ertönte unmotiviertes Klavier-Geplänkel.

Schon nach wenigen Sekunden stoppte die Kabine unvorbereitet, und ohne einen Gedanken daran zu verschwenden, was mich wohl erwarten würde, stieg ich aus.

Elf

Als ich den Fahrstuhl verlassen hatte, stand ich plötzlich im Büro von Bürgermeister Umprecht im ersten Stock unseres Rathauses. Da wir ein sehr altes Rathaus hatten, war das Büro mit Mobiliar und Gegenständen aus unterschiedlichen Epochen eingerichtet und dekoriert. Für meinen Geschmack ein wenig zuviel des Guten.

Der dunkelgrüne Teppichboden erstreckte sich bis zu zwei deckenhohen Bleiglasfenstern, aus denen man auf den Rathausplatz sehen konnte, und auf den sechseckigen Stadtbrunnen, der keinen besonderen Namen hatte, sondern nur ›Stadtbrunnen‹ genannt wurde. Von der flachen, ornamental bemalten, von mächtigen Eichenstämmen gehaltenen Holzdecke herab hingen ein paar aufblasbare ›Orlogschiffe‹.

Die von Knorpelwerk umrahmte Bürotür flog auf und Bürgermeister Umprecht trampelte herein, anscheinend sehr erbost über ein Flugblatt, das er in der Hand und mir unter die Nase hielt. »Schauen Sie sich das an!«, wütete er mit zusammengekniffenen Zähnen.

In großen schwarzen Buchstaben stand auf dem Blatt »Umprecht, Ihr seid ja voll der Klo-Polka«.

»Was bilden die sich eigentlich ein!«, wetterte Umprecht und knallte das Flugblatt vor sich auf seinen Schreibtisch. Er schnaufte und drehte mit energischen Schritten eine Runde in seinem Büro. Danach schaute er still auf den Rathausplatz hinaus und wippte auf den Zehenspitzen.

»Wissen Sie, was da draußen los ist?!«, fragte Umprecht. »Es ist ja schließlich nicht so, dass ich das hier aus Langeweile mache.« Er schwieg einen Moment. »Sie sind, glaube ich, etwas zu früh dran,« Umprecht ging zu seinem Schreibtisch zurück, und blätterte in seinem Terminkalender. »Aber das macht nichts«, Mit einem Arm auf den Schreibtisch gestützt grinste Umprecht mich an. »Möchten Sie vielleicht etwas trinken?!«, fuhr er fort. »Ich habe hier einen sehr schmackigen schottischen Whisky ...« Ich schüttelte den Kopf. »Nein?! Schade«, meinte Umprecht und setzte sich.

Dann wühlte er kurz in der untersten Schreibtischschublade, und mit den Worten »Aber das werden Sie haben wollen«, schob er mir ein kleines Päckchen herüber, eine ausgeblichene Kommerz-Akut-Tüte, in die etwas eingewickelt war.

Ich wickelte den Gegenstand aus. Er war schwarz und etwa so groß wie eine Zigarettenschachtel, hatte einen kleinen Schalter an der schmalen Seite, und oben einen durchsichtigen Aufsatz. Als ich das Gerät in der Hand hielt und betrachtete, fragte ich: »Eine Taschenlampe?«

Als ich wieder aufschaute war Umprecht gerade dabei, ein paar einarmige Liegestütze zu absolvieren. Er stand auf, klopfte sich ein paar Fussel von der Hose und antwortete: »Ganz im Gegenteil. Schalten Sie ihn mal an.«

Ich betätigte den Schalter, und erwartete, dass die vermeintliche Taschenlampe einen Lichtstrahl erzeugte. Stattdessen aber war plötzlich Umprecht in Schatten gehüllt und kaum zu sehen, als ich das Gerät aus Versehen auf ihn richtete.

»Faszinierend, oder?«, fragte er. »Aber jetzt machen Sie das Ding mal wieder aus. Ich sehe ja gar nichts«

»Was ist das?«, wollte ich wissen.

»Das ist ein Taschendunkler«, antwortete Umprecht. »Von ihrem Großvater ... für Sie. Funktioniert im Prinzip wie eine Taschenlampe, nur dass nichts hell sondern dunkel wird«

»Von meinem Großvater?«, fragte ich ungläubig.

Noch bevor Umprecht etwas erwidern konnte, meldete sich die Gegensprechanlage auf seinem Schreibtisch. »Herr Umprecht, denken Sie an Ihren Termin?!«, ertönte eine weibliche Stimme unter erheblichem Rauschen.

»Gerne hätte ich mich noch etwas mit Ihnen unterhalten,

aber … die Pflicht ruft«, sagte Umprecht und schob mich Richtung Tür.

Nachdem ich Umprechts Büro verlassen hatte, und die knartschenden Treppenstufen zum Ausgang des Rathauses hinabstieg, probierte ich ein wenig den Taschendunkler aus.

Zu spät bemerkte ich den Aufsteller mit dem Warnhinweis «Bohnergefahr!« und verlor das Gleichgewicht. Der Pförtner, der sich gerade einen Kaffee aus seiner Thermoskanne eingiessen wollte, sprang mir entgegen und versuchte, mich aufzuhalten, als ich an seiner Loge vorbeiglitt. Ungebremst und in hohem Bogen verließ ich das Rathaus durch das reichverzierte Hauptportal, und landete sehr unsanft und mich überschlagend auf dem Rathausplatz.

Beim Aufprall wurde mir etwas Dreck ins Gesicht geschleudert. Mir schossen Tränen in die Augen, und ich kam mir vor wie eine Trickfilmfigur, deren Kopf von kleinen zwitschernden Vögelchen umkreist wird.

Als ich meine Augen öffnete, war ich etwas verwirrt. Ich hatte vollkommen mein Zeitgefühl verloren.

Niedliche reetgedeckte Häuschen drängten sich aneinander. Ihre Kamine spuckten sanften Rauch in die Luft. Es wurde gekocht, denn es war Mittag: eine Turmuhr schlug Zwölf. Spatzen neckten sich, und balgten um herumliegende Getreidekörner. An einem Haus lag ein Hund der gähnte. Eines vom Wind über das Pflaster zu mir gewehten Flugblatts konnte ich entnehmen, dass man gerade Vorbereitungen für ein Fest zu Ehren von Sir Gilbert Clumsy traf. Dieser überaus geniale, aber bis heute nicht ausreichend gewürdigte Wissenschaftler – mein Großvater schwärmte von ihm, und lobte ihn stets in höchsten Tönen – hatte bereits vor vielen Jahren eine funktionsfähige Zeitmaschine konstruiert. Dummerweise verschluckte sich Clumsy kurz vor Fertigstellung der Maschine an einem geviertelten Radieschen, erlitt erst einen Husten-, dann einen Schlaganfall, und nahm sein geniales Geheimnis mit ins Grab. So berichteten es damals die Zeitungen.

Aber mein Großvater wusste es besser. Seinen umfangreichen Recherchen im heimischen Garten zufolge war Clumsy nämlich nicht tot, sondern lediglich spurlos verschwunden.

«Gilbert», erzählte mir mein Großvater vor einiger Zeit, «war ein lustiger Kerl. Immer für einen Scherz zu haben. Aber als er seine Zeitmaschine konstruierte, hörte der Spaß auf. Irgendjemandem passte das überhaupt nicht in den Kram, und Gilbert hat ordentlich Ärger bekommen. Eines Tages war er fort, nicht ohne vorher seine Arbeiten und Abhandlungen auf dem Tisch seines Arbeitszimmers fein säuberlich sortiert zusammenzutragen. Die Pläne für seine Maschine waren allerdings nicht dabei. Noch nicht einmal einen Abschiedsbrief hatte er hinterlassen. Aber seine Blumen auf der Fensterbank gegossen.«

An der Fensterscheibe eines Schnellrestaurants stand »Die Wurst kommt!« Da ich ein wenig Hunger hatte, kaufte ich mir dort als Wegzehrung ein paar ›Kaufen‹. Das waren traditionelle Teigflunderbrotkuchentaschen, die mit Sellerie und Dosenmilch gefüllt waren und in einem ausgetretenen Turnschuh serviert wurden. Ich glaube, ich ließ sie an der Kasse liegen.

Danach betrat ich eine benachbarte Bäckerei, um mir dort etwas zu Essen zu erwerben. An der Tür stand: »Das Neujahrsfest fällt aus. Das Mitglied ist gestorben!«, Es roch nach frischen Brötchen und Lebkuchen, zwei Wespen nagten an einem Stück Butterkuchen, und auf dem Tresen waren verschiedene Leckereien platziert. Aus einer Sachertorte stieg plötzlich ein klitzekleines zweimotoriges Propellerflugzeug empor, und verschwand mit brennendem Triebwerk in der Backstube.

»Da brat mir doch eine einen Storch«, entfuhr es mir.

»Das war noch gar nichts«, bemerkte die Dame hinter dem Tresen. »Sie hätten gestern hier sein sollen.«

»Jaja, genau!«, rief eine Kundin.

»Das war was«, bemerkte eine Zweite und stupste mich dabei von der Seite an.

»Gigantisch!«, hörte man eine dritte Kundin rufen, die ihre Arme in die Höhe riss und dabei ihr Portemonnaie verlor.

»Feierabend!«, schrie jemand.

Eine Ladung Menschen ergoss sich aus der Backstube. Doch niemand sah sie. Ein Gesicht kam um die Ecke, vor dem ich mich erschrak, und das ich selber war. Ein Mandelhörnchen bahnte sich aus dem Trubel einen Weg ins Freie. Und ich konnte wieder hören. Ich konnte wieder hören, dass ich mir selbst im Wege stand. Eine allumfassende Halbintelligenz machte sich breit, und jeder der Anwesenden verstummte, verdummte und wurde zu einem Häufchen Mensch, das kein Wort mehr von sich gab.

»Dankeschön. Das war sehr aufschlussreich«, warf ich in die Runde, und lief hinaus.

Draußen versteckte mich hinter einem Stapel Zeitungen und wartete darauf, dass der Trubel in der Bäckerei nachließ. Ich lauschte dem modifizierten Dialog zweier Rohrdommeln.

»Guten Tag. Haben Sie es mitgebracht?«

»Selbstverständlich.«

»Und die Zubereitung?«

»Sehr fein. Danke der Nachfrage.«

»Nun denn. Lassen Sie uns gehen.«

Die Rohrdommeln verließen den Ort des Geschehens. Sie verschwanden als zwei winzig kleine Punkte hinter der nächsten Häuserzeile am Horizont. Unzählige Schmetterlinge bildeten die schönsten Formationen vor meinen Augen. Ich ließ mich einige Minuten von diesem grandiosen Schauspiel faszinieren. Nach zwei weiteren fantastischen Formationsflügen der Schmetterlinge lösten sich diese in Wohlgefallen auf. Die Häuserzeilen wurden zusammengerollt.

Ich überlegte, ob ich den Zeitungsstapel vielleicht mitnehmen sollte. Doch ganz schnell verwarf ich diesen Gedanken, denn ich musste feststellen, dass ich einige Gedanken intus hatte, die viel wichtiger waren als der Zeitungsstapel.

Mein Mobiltelefon, das ich schon ganz vergessen hatte, klingelte quer durch meinen Kopf, und meldete lautstark einen eingehenden Anruf.

»Wo bist Du gerade?«, fragte eine mir zunächst unbekannte Stimme. Doch dann erkannte ich den Gernot. Die Telefonverbindung war beeinträchtigt.

»Pass auf: Du musst Dr. Tetraeder finden. Der weiß über alles Bescheid.«

Dr. Friedemann Tetraeder war ein alter Freund meines Großvaters, Erfinder und Forscher auf dem Gebiet der Zeitdilatation.

Mein Großvater hatte mir manchmal von ihm erzählt und mir berichtet, welche phantastischen Geräte Dr. Tetraeder erfunden und welche Aufsehen erregenden Experimente er vollführt hatte. Ich erinnerte mich noch dunkel an die Erzählung über die Fidibus-Maschine – ich wusste allerdings nicht mehr, worum es dabei genau ging – oder an den Versuch des Wissenschaftlers, sich durch schnelles Herauf- und Herunterziehen seines Hosen-Reißverschlusses in Schwingungen zu versetzen, sich dadurch den Lichtwellen der Energiespar-Birne seiner Schreibtischlampe anzugleichen, und so unsichtbar zu werden.

Den nächsten Satz des Gernots bekam ich nicht mehr vollständig mit. Mir fiel auf, dass sich mittlerweile einige Menschen um mich versammelt hatten und sich wunderten, warum ich telefonierend mitten auf dem Rathausplatz hockte. Scharen von Schaulustigen glotzten zu mir herüber. Ich entdeckte einen Uniformierten, der auf die Gruppe zusteuerte, und dachte mir: »Nun ist es Zeit zu gehen.« Also ging ich.

Zuhause las ich noch ein paar Seiten in einem Buch über Remoulade, bevor ich einfach einschlief. Der Tag hatte sich von selbst erledigt.

Zwölf

Die Kamine der Stadt radierten einige Wölkchen an den Himmel. Die Trübung fror am Himmel fest. Ein blickdichtes Gespinst. Am Horizont hing ein kleines Stück blauer Himmel, das eben noch über mir geschwebt hatte, und über dem der einsame Schatten einer Fledermaus eine Sinuskurve beschrieb.

Gelangweilt wirkende Pinien säumten den schmalen Pfad, der sich haarsträubend durch ein kahles Bergmassiv schlängelte. Eisige Fallwinde prallten von links und rechts kommend am Boden aufeinander, so dass ich einen gewissen irritierenden Unterdruck an meinen Beinen verspürte. Ich quälte mich durch diese unwirkliche Szenerie voran, während über den Bergwipfeln Wolkenformationen Sekunde für Sekunde ihr Antlitz veränderten und mir die Vermutung aufdrängten, sie wollten mich daran hindern, einen Fuß vor den anderen zu setzen.

Hinter der bizarren Silhouette des Bergmassivs war eine Gewitterfront zu erahnen, deren dunkle Vorboten mir am Himmel entgegen schlichen und sich wie ein schmutziges Tuch über die ansonsten lupenreine Landschaft legten. Der vom unaufhörlichen Regen durchtränkte Kragen meines Popelin-Mantels schlug mir, vom Sturm gepeinigt, wie ein nasser Lappen ins Gesicht. Das unbändige Getöse um mich herum, das mich daran hinderte, mein eigenes Fluchen zu verstehen, verstummte. Über mir erthronte die Nacht. Der Himmel weit, die Lichter schwer.

Ich genoss die beruhigende Stille und sponn mir das Brot zurecht, das ich während der nächsten Rast brisant verzehren würde. Die Bilder in meinem Kopf erlebten das Unglaubliche: Nettigkeiten aus dem Maul einer Kröte, die auf Rollschuhen die Gräser am Wegesrand verhunzte. Die meinte, sie könnte sich benehmen, wie der letzte Mensch auf Erden. Was würden bloß die Nachbarn denken, auf ihren Schemeln und Sitzsäcken. Wie sie da maßgeblich an sich selbst und ihrer Bescheidenheit beteiligt waren.

Aus dem Nichts stellte sich mir unerwartet ein Abgrund entgegen. Ich stand am Rande einer tiefen Schlucht. »Was will ich hier?«, fragte ich mich. Warum stand ich hier? Wo war ich und wie sollte ich wieder nachhause kommen? Ich konnte mich nur noch an das große Loch in dem Buch über Remoulade erinnern, das ich gelesen hatte. Doch das war nicht das Schlimmste.

Zur gleichen Zeit nämlich bahnte sich im Zündkerzennebel des Sternbildes ›Latschende Ente‹ eine Katastrophe von galaktischen Ausmaßen an. Der größte Nachbarstern in der Galaxie explodierte aus unerklärlichen Gründen, und ganz viele Teile flogen durch das All. Das war sehr laut und sehr gefährlich.

Glücklicherweise war niemand in der Nähe, der hätte verletzt werden können.

Etwas später erschien die Sonne über der steilen Felswand hinter mir, auf deren Spitze eine kleine Hütte stand. Ihr Bewohner konnte nicht schlafen und saß schon die ganze Nacht auf einer kleinen Bank vor seinem Heim. Die Vögel spielten in der Luft und die Schmetterlinge jagten den Mücken hinterher. Die Steine tobten im Gras, und am nahen Waldesrand trat ein Baum aus dem Wald hervor. Ein Meisterwerk der Natur. Ein Ding, das einem den Atem gefrieren ließ. So groß, dass man die Spitze nur mit einer Lesebrille sehen konnte.

Der Baum bekam einen Anfall und zerschlug eine Mahagoni-Klosettschüssel, die heimlich zwischen seinen Wurzeln installiert worden war. Daraufhin erschien ein extremes Gefasel über dem Trümmerhaufen, war froh, kein Manuskript zu sein, und stieg zum Firmament empor.

Der Bewohner der Hütte merkte, dass er dringend zum Augenarzt sollte. Aber das musste warten. Er hatte wichtigeres zu tun. »Tja, so ist das. Wenn man etwas unbedacht ist, kann es zu solchen Reaktionen kommen. Aber keine Angst, das Leben geht weiter«, sagte er. Mit zur Faust geballtem Gesicht nahm er einen Spaten von der Wand und ging in seinen Garten. Dort grub er eine Grube, weil er eine Grube brauchte. Er rümpfte die Nase. Was war das für ein Geruch, der ihm da aus der Grube entgegenstieg? Kaum hatte er den Gedanken zu Ende gedacht, merkte er auch schon, dass das wohl noch nicht sein letzter Gedanke war.

Der Bewohner stand in seiner frisch gegrabenen Grube und starrte mich an. »Denken Sie nur mal an Feuersteine. Gute Feuersteine sind schwer zu finden, die gibt es nur ganz selten«, fing er zu erzählen an. »Das mag auch ein Grund gewesen sein, weswegen unsere Vorfahren vor vielen Jahren aufgebrochen sind, um in der Ferne ihr Glück zu suchen. Hätten diese Menschen gewusst, dass es bereits auch in der Ferne aufrecht gehende Zweibeiner gab, was wäre ihnen dann wohl durch den Kopf gegangen?! Sie hätten vielleicht daran gedacht, dass in der Ferne gar keine Feuersteine mehr zu finden sind, da ja dort bereits seit Ewigkeiten irgendwelche anderen Gestalten ihr Unwesen trieben. Sie wären vielleicht in ihrer Heimat geblieben, und nicht in Felle eingewickelt, in Kanus oder auf Eseln durch die Walachei scharwenzelt. Ohne Feuersteine.«

Der Bewohner kletterte aus seiner Grube, und zusammen betraten wir die Hütte. »Ich bin meine eigene Muse«, füsterte er mir zu und wies mit einer ausladenden Armbewegung auf die zahlreichen Kritzeleien hin, die sich an den Wänden befanden. Ihr Anblick ließ mir ein erstauntes »Huch« entfahren. Ich verspürte eine innere Schwere. Die kalten Mauern pressten den Raum zusammen. Das Licht knirschte unter ihrer Last. Ich dachte, mir würde ein Schatten folgen. Doch es war nur der Wind, der labberige Tapetenfetzen an der Wand bewegte.

Die Zeit riss ein Loch in die Hosentasche des Bewohners. Heraus sprudelte eine Gewürzmischung erster Güte. Und ich fragte mich, wie das bloß weitergehen sollte. Ich sah ein Meer aus Brausepulver. Dem sollte man Paroli bieten.

Und dann realisierte ich, dass ein Dinosaurier vor der Tür stand. »Salat! Ich will Salat«, schrie der.

»Ich kümmere mich später darum.« Ungläubig zog der Bewohner seinen Kopf durch das Buntglasmosaik der Eingangstür seiner Hütte zurück.

Die Nacht stand still vor den Fenstern. In der Ferne hörte man das Raunen der Ewigkeit. Zusammen lauschten wir noch eine Weile dem leisen Geschrei der untergehenden Sonne und aßen Kohlrouladen. Dann stieg der Bewohner in einen herumliegenden Pappkarton, sprach in einer so schönen und tiefen Stimme, wie sie noch nie von jemandem gehört wurde: »Damit habe ich auch schon meine Schuldigkeit für den weiteren Verlauf der Geschichte getan. Na denn, viel Spaß noch.« und verschwand in der Bedeutungslosigkeit.

Im eisigen Schein der untergehenden Sonne flatterte ein kopfloses T-Shirt. Vor dem rotgefärbten Himmel reihten sich bedrohlich die Schattenrisse spitzer Tannen aneinander, wie teer-verschmierte Zähne im blutigen Maul eines riesigen Hais.

Ich hatte den Eindruck, dass diese Begebenheiten für zukünftige Geschehnisse keine Bedeutung hatten.

Die nächtliche Verarbeitung des Ereignisse vom Vortag brachte mich um wesentliche Momente meines Schlafes.

Ich dachte, der Wecker würde klingeln, doch es war der Eismann, der alle paar Wochen an der Klatschmohnwiese vorbeifuhr, und schon längst kein Eis mehr in seiner vergilbten Truhe mit sich herumtrug.

Der trockene Schrei einer Amalgam-Gurke riss mich schließlich vollends aus dem Schlaf. Dabei stieß ich mit dem Kopf an meinen Nachttisch. Die Nachttischlampe wackelte, und ganz woanders schob ein junger Mann unbeabsichtigt seinen linken Schuh in einen Haufen frisch-würzigen Hundekot.

Die Sonne stand hoch am Himmel. Ich erwachte an einem sonnigen Tag in der trüben Trostlosigkeit des tristen Morgens.

Was hatte der Gernot gesagt: »Du musst Dr. Tetraeder finden. Der weiß über alles Bescheid.« Allerdings hatte ich keine Ahnung, wo ich Dr. Tetraeder finden könnte. Vielleicht sollte ich einfach in einem Telefonbuch nach seiner Adresse schauen. Die in einer solchen Situation erforderliche Telefonzelle stand nur wenige Meter von meiner Wohnung entfernt, von der erfrischenden Parkluft umzingelt.

Ein Telefon war in der Zelle leider nicht vorhanden. Stattdessen klebten an der Wand, an der es einmal befestigt war, ein paar violette Kärtchen, auf denen eine gewisse Amanda ihre fragwürdigen Dienste anbot: »Den guten Tag mein teuerer Freund! Wie das Leben? Ich werde zur Bekanntschaft zu Ihnen glucklich sein. Mit mir es habe Sehr interessant. Den starkesten und leidenschaftlichen Kuss! Ihr Freund Amanda.«

Das Telefonbuch hing traurig und verschlissen in seiner Halterung. Etliche Seiten waren herausgerissen, auf anderen mit einem dicken Filzstift merkwürdig posierende Strichmännchen gemalt. Dr. Tetraeders Adresse fand ich auf einer der wenigen unbeschädigten Seiten und machte mich in meinem Borgward auf den Weg.

Dreizehn

Kaum hatte ich den Stadtpark erreicht, wurde es merklich kälter. Plötzlich begann es zu schneien, unaufhörlich. Der Schnee verwandelte den Park in eine wellige, milchige Masse.

Eben noch konnte ich die Straße erkennen, doch im nächsten Moment war sie verschwunden. Alles sah anders aus. Gefrorener Schnee knirschte unter den Reifen meines Borgwards, während mich von der Rückbank ein unsichtbarer Begleiter mit fettigem Gesülze malträtierte.

»Hören Sie mich?«

»Ja, ich höre Sie sehr gut«, antwortete ich.

»Sehen Sie mich auch?«

»Nein, überhaupt nicht.«

»Hm ...«, der Unsichtbare überlegte. »Schauen Sie doch mal in den Rückspiegel.«

Im Rückspiegel sah ich lediglich meinen Wackeldackel auf der Hutablage, der kaum merklich mit dem Kopf wackelte.

»Wau!«, machte es plötzlich neben mir.

Ich zuckte zusammen. »Mann!«, entfuhr es mir. »Warum müssen Sie mich denn so erschrecken?!«

»Tut mir leid«, entschuldigte sich der Unsichtbare. »Das ging leider nicht anders. Irgendetwas ist hier im Argen.«

»Das kann man wohl sagen. Wer sind Sie?« Ich wusste nicht, wo ich hinschauen sollte.

»Ich bin Schoko-Wauzi, dein unsichtbarer Begleiter. Erinnerst du dich nicht mehr? Wir haben früher oft im Wald zusammen getobt. Das hat dir doch sicher dein Großvater mit auf den Weg gegeben!«

»Langsam habe ich den Eindruck, mein Großvater hat mir recht wenig mit auf den Weg gegeben. Ständig tauchen irgendwelche Leute auf, die irgendetwas von meinem Großvater wollen.«

»Das Buch«, meinte Schoko-Wauzi.

»Genau, das Buch. Aber ich weiß leider nicht, wo das Buch ist, und ich kann auch meinen Großvater nicht fragen, weil er verschwunden ist.«

»Und dein Großvater hat dir tatsächlich nichts weiter erzählt?!«

»Wie ›weiter‹, wovon denn?«

»Vom großen Ganzen, von der Geschichte, die nie zu Ende geht ...«

»Glauben Sie,«, unterbrach ich Schoko-Wauzi, »dass wenn ich über das große Ganze etwas wüsste, durch die Gegend irren würde, um herauszufinden, was mit meinem Großvater passiert ist?!«

Darauf wusste Schoko-Wauzi spontan keine Antwort. »Was du wissen musst ist Folgendes: Die Gilde der Ewigen Zeit beschützt die Zeit und die Menschen darin. Zeit ist manchmal wie das Geäst eines Baumes. Ein Stamm voller Geschehnisse, aus dem viele neue Geschehnisse wachsen. Dinge passieren, zwangsläufig oder zufällig. Äste wachsen an unvorhergesehenen Stellen, oder brechen einfach ab. Die Gilde der Zeit wacht darüber, dass dieses Geäst richtig wächst. Auch wenn es bedeutet, einmal einen Ast abbrechen zu müssen, wenn es notwendig ist.«

»Was heißt denn ›einen Ast abbrechen‹?«, wollte ich wissen.

»Nun ...«, Schoko-Wauzi zögerte, »... ich sage mal: das Passieren aufhalten. Bestimmte Dinge dürfen eben nicht stattfinden.«

Ich versuchte angestrengt, den Straßenverlauf zu erkennen, und überlegte. Mir fiel das Buch wieder ein, das mir Mombusa von seinem Angelausflug mitgebracht hatte. Auf einmal hatte ich eine Eingebung, und dachte laut nach: »Und in dem gesuchten Buch steht wahrscheinlich drin, was nicht passieren darf ...«

»Fast richtig«, sagte Schoko-Wauzi, und verbesserte mich: »In dem Buch steht drin, was passieren wird.«

»Das Buch schaut in die Zukunft?!«, wollte ich wissen.

»In gewisser Weise schon, aber nicht so, wie du dir das vielleicht vorstellst. Die nächsten Lottozahlen werden dort zum Beispiel nicht verraten. Man muss das Buch richtig lesen können, erst dann hat es einen Nutzen.«

»Aber ich habe ein paar ähnliche Bücher gesehen, dort stand nichts drin«, wandt ich ein. »Alle Seiten waren leer.«

»Das kann schon sein«, sagte Schoko-Wauzi. »Das waren sicherlich alte Bücher. Vieles hat sich ja bereits erledigt. Apropos erledigt: ich bin dann jetzt weg. Wir hören voneinander.«

»Was? Erledigt? Moment mal! Sind Sie noch da?« Aber Schoko-Wauzi war anscheinend schon verschwunden.

Vierzehn

Nachdem ich den Stadtpark durchquert hatte, erreichte ich nach ein paar weiteren Kilometern die Neubau-Siedlung, in der Dr. Tetraeder wohnen sollte. Hinter mir rollte sich die weiß-gestrichelte Mittellinie der Straße dem Horizont entgegen. Der Schnee war verschwunden. Grelle Kürbisse ohne Gesicht lagen am Straßenrand. Es wurde eine rabenschwarze Nacht. Man konnte seinen eigene Hand nicht vor Augen erkennen. Der zunehmende Mond warf sein bleiches Antlitz in die Vorgärten, in denen namenlose Blumen blühten. Plötzlich öffnete sich ein Loch in einem der Bäume, eine Hand mit zwei Fingern erschien und sprach: »...« Das klang sehr undeutlich. Ein Unbekannter irrte in der Dunkelheit durch die Gärten und prallte gegen einen Zaun. Da zersprang das grüne Taschentuch in einem seiner Schuhe, und ein zweiter Unbekannter, drei Straßen weiter, fing eine Banane mit den Zähnen auf. Partiell gedacht. Man irrt.

Dr. Tetraeders Haus war leicht zu finden, denn an einem Jägerzaun hing ein beleuchtetes Schild, und auf dem stand: ›Dr. Tetraeder‹. Ich parkte direkt vor der Einfahrt. Da die

Haustür verschlossen war, und auf mein Kingeln und Klopfen niemand öffnete, ging ich ums Haus herum.

Als ich die Terrasse betrat, hörte ich im Haus jemanden sehr laut und anscheinend erbost sprechen. Ich klopfte an die Terrassentür, rief »Hallo!« und trat ein.

»Das ist doch die Höhe!« Dr. Tetraeder stampfte ein paar Mal auf den gelben Linoleumboden seines Labors. Er war ein patenter Mann, allerdings anatomisch etwas ungünstig geformt. Und auch seine Körperhaltung ließ zu wünschen übrig.

»Jetzt noch ein Interview!?«, brüllte Dr. Tetraeder in den Hörer eines alten Bakelit-Telefons mit Wählscheibe. »Ja glauben Sie denn, ich hätte nicht Besseres zu tun? Können Sie sich vorstellen, wie viele Versuche und Experimente ich noch vollführen muss?«

Wutentbrannt knallte Dr. Tetraeder den Hörer auf die dafür vorgesehene Gabel, und fegte dabei einen Erlenmeierkolben vom Tisch, der auf dem Boden zerschellte. In hohem Bogen flogen die Scherben umher. Es klirrte in allen Ecken.

Schon hatte sich Dr. Tetraeder wieder beruhigt, kaute genüsslich auf einem Zahnstocher Marke Eigenbau und schaute nach einem kurzen Blick auf einen seiner zahlreichen Überwachungsmonitore, mit denen eine Wand des Labors dekoriert war, neugierig in den vom spontanen Sonnenaufgang überraschten Garten hinaus. Dort erstarrte ungeniert ein Pirol, und spie diskret einige Goldmünzen aus. Scheppernd fielen sie zu Boden. Jede einzelne Münze verwandelte sich in einen Zitronenfalter, und unter tosendem Applaus aus dem Off stiegen sie gemeinsam und engelsgleich Richtung Kumuluswolke empor. Dort lösten sie sich in Nichts auf.

Stocksteif stand der Pirol da, als der Applaus verhallte. Er wusste nicht wie ihm geschah. Dr. Tetraeders Hypnose-Bonbons hatten jedem seiner Gedanken den Garaus gemacht. Angestrengt dachte der Pirol nach: »Welchen Wochentag haben wir heute?« Doch schließlich – es zogen ein paar Minuten ins

Land – schrie der Pirol auf: »Dosenfutter! Da liegt doch der Hund begraben!« Er war von allen guten Geistern verlassen.

»Das ist ja alles sehr, sehr durchschnittlich, und eine gewisse Niveaulosigkeit kann ich dem nicht absprechen«, bemerkte Dr. Tetraeder lapidar. Nachdem er zärtlich die taube Briefmarkenschere streichelte – einer seiner zahlreichen, grandiosen Erfindungen, die aus Kostengründen allerdings nie in die Serienproduktion gingen – nahm er in seinem transluzenten Schanksessel Platz, schlug die Beine übereinander und blinzelte mich, immer noch auf seinem Zahnstocher kauend, freundlich an.

»Nun zu Ihnen. Sie haben lange genug gewartet.« Damit hatte Dr. Tetraeder durchaus Recht, denn ich war bereits damit beschäftigt, mir die Mücken einzeln aus den Ohren zu pulen. »Was führt Sie zu mir?!«

Fünfzehn

Ich erzählte, was bisher geschah. Dr. Tetraeder wurde kreidebleich, als er die Geschehnisse vor seinen Augen Revue passieren ließ. »Sie sind also wieder da«, sagte er und richtete sich mit aufgerissenen Augen in seinem Sessel auf.

»Sie?! Wer ist wieder da? Wer sind die?!«, fragte ich.

»Kennen Sie die Gilde der Ewigen Zeit? Sie beschützt die Zeit und die Menschen darin«, erzählte Tetraeder.

»Jaja, das weiß ich bereits ... Geäst eines Baumes undsoweiter. Aber was ist mit meinem Großvater?!«

»Dann wissen Sie sicher auch, dass es die Gilde schon sehr, sehr lange gibt. Sie war von jeher sehr wachsam, und hat immer vorsichtig agiert. Aber wenn jemand ihr oder der Zeit gefährlich wurde, musste sie handeln«

»Und wie?«

»Die Gilde hat denjenigen fortgebracht. Irgendwohin, wo derjenige keinen Schaden anrichten konnte. So hoffte man zumindest.«

»Was soll das heißen?«, wollte ich wissen.

»Nun, da gab es mal einen Wissenschaftler im 18. Jahrhundert, der hatte eine funktionierende Zeitmaschine konstruiert.«

»Clumsy!«, bemerkte ich spontan.

»Genau. Jedenfalls dachte man, nachdem man ihn fortgebracht hatte, dass alles gut wäre. Aber ...«, Tetraeder machte eine Pause, um seine Überwachungsmonitore zu kontrollieren, und fuhr dann fort: »Haben Sie von der Sternenexplosion im Zündkerzennebel gehört?!«

»Äh ... ja ... Clumsy?!«, fragte ich erstaunt.

»Clumsy«, antwortete Tetraeder trocken.

»Ein Wissenschaftler aus dem 18. Jahrhundert hat eine Supernova verursacht?!«, fragte ich etwas provozierend.

»Das klingt in der Tat etwas unglaubwürdig ... aber Sie wollten ja wissen, was mit Ihrem Großvater geschehen ist. Sie können es sich denken ...«, Tetraeder schaute mich fragend an.

»Er wurde auch fortgebracht ... aber warum?!«

»Ihr Großvater hat Ihnen und Anderen zuviel erzählt. Das durfte nicht sein. Durch seine Geschichten, unabhängig davon, ob die wahr waren – besser gesagt: glaubwürdig oder nicht – lief die Gilde Gefahr, verraten zu werden. Also ...«

»Aber er hat mir gar nicht soviel erzählt. Wo ist er jetzt?!«

»Das weiß ich leider nicht.«

Ich entdeckte ein eingerahmtes Foto an der Wand. »Die Frau hier kenne ich«, bemerkte ich erstaunt. Das Foto zeigte die Dame, der ich in der Weißen Welt begegnet war. Auf dem Foto war sie allerdings noch etwas jünger, saß an einem Schreibtisch im Schein einer Messinglampe mit grünem Acrylschirm, und betrachtete einige vor sich ausgebreitete Dokumente.

»Das kann schon sein«, sagte Dr. Tetraeder und stand aus seinem Sessel auf. »Vielleicht haben Sie mal etwas über sie gelesen. Das ist eine alte Kollegin von mir: Hildelotte Hartgras. Eine tolle Mathematikerin. Das Foto ist schon ein paar Jahre älter. Damals hatte sie mit Hilfe einer überaus komplexen Formel die weltgrößte Primzahl berechnet. Und stellen Sie sich vor: dann war sie plötzlich verschwunden. Auf der Höhe ihres Ruhms sozusagen.«

»Aber …« Gerade wollte ich noch etwas entgegnen, aber da huschte Dr. Tetraeder an mir vorbei.

»Einen Moment«, sagte er. Nach einem weiteren Blick auf die Überwachungsmonitore setzte sich Dr. Tetraeder ein Paar Kopfhörer auf und fischte in seinem Aquarium nach einem Stück Banane, das bei der Fütterung der im Aquarium befindlichen Makrelen unter eine Muschel gerutscht war.

»Wissen Sie, was ich an Makrelen mag?«, fragte Dr. Tetraeder, nachdem er mit nassen Händen den Kopfhörer abgenommen, dabei um sich gespritzt und versucht hatte, sich ein paar Salzstangen quer in den Mund zu schieben – was ein geschmeidiges Krümelwerk auf dem Laborfußboden nach sich zog. »Makrelen pfeifen nicht.«

»Da haben Sie recht«, antwortete ich beiläufig, während ich mir mit einem nicht besonders attraktiven Kunstfaser-Handtuch, das recht mürrisch roch, einige Tropfen des Aquariumwassers aus dem Gesicht wischte.

Mein Telefon klingelte, und der Gernot am anderen Ende der Leitung verriet mir: »Es hat Bumm gemacht.«

»Bumm?«, fragte ich.

»Bumm?«, fragte Dr. Tetraeder und ließ seine Salzstangen fallen. »Sie dürfen keine Zeit verlieren! Sie müssen sofort zum Haus Ihres Großvaters! Beeilen Sie sich!«, schmetterte er sichtlich erregt und schob mich zur Terrassen-Tür hinaus.

Viel früher im Westpazifik:

An den Ständen auf dem Nachtmarkt in Koror herrschte buntes Treiben. Unter den weißen Pavillons wurden unterschiedlichste Angebote präsentiert, durch Glühbirnen spärlich ausgeleuchtet, die unter den Dächern aus weißem Tuch angebracht waren.

Auf manchen Tischen stapelten sich Souvenirs, handgemachter Schmuck und Plunder – auf anderen durchsichtige Kunststoff-Boxen, in die Kokosnuss-Pudding und Kantonesische Rote-Bohnen-Torte verpackt war. An verschiedenen Grillstationen wurden Sate-Spieße und Thunfisch-Steaks zubereitet. Sänger und Tänzerinnen in Hula-Röcken aus Kunststoffbändern erfreuten die Besucher.

Eine dunkelhäutige Schönheit in einem engen, orangen Lederdress zog die Blicke von Einheimischen und Touristen auf sich. Die junge Frau, Penelope Wong, hatte des öfteren den bekannten Nachtmarkt besucht. Geboren wurde sie auf Babeldaob, Nachbarinsel von Koror und gleichzeitig die größte Insel des westpazifischen Inselstaates Palau. Wong stammte aus einer wohlhabenden Familie, was man an ihren traditionellen Tatauierungen hätte erkennen können, wenn diese nicht aufgrund Wongs Faible für körperbetonte Lederbekleidung meistens verborgen blieben.

Ihren Wohlstand erlangte Wongs Familie mit der Herstellung von Rai, mehrere Tonnen wiegendes Steingeld, das noch bis Anfang des 20. Jahrhunderts als Zahlungsmittel im knapp 500 km entfernten Mikronesien verwendet wurde.

»Kennen Sie Kino?«, fragte eine alte Dame, die in eine bunte Häkeldecke gewickelt auf einem Hocker saß, und selbstgebackene Reiskuchen verkaufte.

»Was möchten Sie denn wissen?«, entgegnete Wong.

»Die Antwort.«

Wong überlegte kurz. Dann flüsterte sie der alten Dame zu: »Unten am Hafen.«

Diese drei Worte zauberten ein Lächeln in das sonnenver-

wöhnte Gesicht der alten Dame. Sie griff in einen Korb, der zu ihren Füßen stand, und holte ein kleines Päckchen hervor, das unter einer Decke versteckt war.

Wongs Lederdress knarzte, als sie sich zu der alten Dame beugte und das in schweres Papier gewickelte, mit Schnüren verzurrte Päckchen entgegennahm.

»Dann wissen Sie ja schon, wohin Sie jetzt gehen müssen«, flüsterte die alte Dame Wong nun ins Ohr.

In dieser Nacht hatte nur ein einziges Schiff im Hafen angelegt. Seine tiefschwarze Silhouette konnte man vor dem Himmelszelt, an dem schwach der unscheinbare ›Chemische Ofen‹ schimmerte, nur erahnen.

Der Kapitän des Schiffs hatte es sich auf dem Kai bequem gemacht. Gerd-Oliver Brimborium saß unter einer Laterne auf einem Klappstuhl, blickte aufs Meer hinaus, auf dem sich die Lichter der Insel in den sanften Wellen spiegelten, und summte leise ein altes, düsteres Seemannslied: »Siebzehn Mann auf der Kiste vom tot-n Mann, und dazu eine Buddel voll Rum«.

Aus den Augenwinkeln konnte Brimborium erkennen, dass sich ihm strammen Schrittes eine weibliche Person näherte.

Beinah hätte er seinen Klappstuhl zu Fall gebracht, als Brimborium eilig aufstand, um seinen nächtlichen Besuch willkommen zu heißen.

»Heißt es nicht, ein Seemann hat in jedem Hafen eine Braut, Kapitän?«, begrüßte ihn Penelope Wong. »Warum dann so allein heute Nacht?«

Brimborium zupfte seinen alizaringefärbten Caban zurecht und antwortete dabei: »Penelope, Sie kenn-n mich doch: ich mag nicht d-n Trubel der Stadt. Ich habe lieber meine Ruhe. Und im Übrig-n: meine Braut ist die See.«

»Aber die kann manchmal ganz schön stürmisch sein", entgegnete Wong.

Brimborium musste lachen, nahm seine Kapitänsmütze ab, um sich am Kopf zu kratzen und begann, ein weiteres Seemannslied zu summen: »Wir lieb-n die Stürme, die brausend-n Wog-n ...«

»Kapitän!«, unterbrach ihn Wong, lächelte, holte das kleine Päckchen hervor, das sie von der alten Dame auf dem Nacht-markt bekommen hatte, und gab es Brimborium. »Vielleicht sollten wir uns jetzt lieber hierum kümmern.«

»Ach ja ... der Grund für unser nächtliches Stelldichein.« Brimborium betrachtete das Päckchen im schwachen Schein der Laterne. »Wiss-n Sie, was drin ist?«

»Natürlich nicht«, antwortete Wong leicht erbost, die Hände in die Hüften gestemmt.

Sechzehn

»Halunken! Nicht mit mir!«, rief Frau Klopwotzki, die sich in ihrem Garten mehr schlecht als recht hinter einem Rho-dodendronbusch verschanzte und dabei wild mit ihrem Geh-stock in der Luft gestikulierte.

Auf dem Dach des Nachbarhauses schmetterte eine Amsel ein »bubi – bubi – bubi« in den Himmel, während eine Eta-ge tiefer Herr Köttelfühler, der zwanghaft gesellige Nachbar meines Großvaters, seine Küchengardinen verhunzte, indem er sie zur Seite schob, und durch das nunmehr spärlich beklei-dete Fenster gaffte.

»Was für ein neugieriger Kerl«, vernahm ich von irgendwo her. »Aber ein guter Freund Ihres Großvaters.«

Von der gegenüberliegenden Straßenseite war das Gurren einer Taube zu vernehmen, die sich anhörte, als würde sie es bedauern, so wenig zum Weltgeschehen beitragen zu können.

»Da geht's ihr nicht alleine so.« Eine Fistelstimme mit einem untersetzten Herrn dran zwängte sich zwischen mich und die Gartenpforte, neugierig, was ich wohl mit dem vor kurzem verlassenen Haus zu schaffen hatte. Eben noch an seinem Küchenfenster, stand er nun neben mir: Herr Köttelfühler, der weniger durch seinen nutzerfreundlich gestalteten Garten, als durch sein loses Mundwerk auf sich aufmerksam machte.

»Sie sind doch ...«, setzte er an.

»Ja, genau!«, schnitt ich ihm das Wort ab, weil ich ahnte, dass ein Schwall sinnloses Geschwafel über mich hereinbrechen würde, und drängte mich an ihm vorbei in den Garten meines Großvaters. Grashalme bogen sich unter der Last des Windes und ließen sich die letzten Tautropfen von den Spitzen pusten. Gänseblümchen wurden dem Boden gleich gemacht, um sich Sekunden später wieder fröhlich gen Himmel zu recken. Der Garten lag da und ließ sich die Sonne auf seine begrünte Oberfläche scheinen.

Ich winkte einem herrenlosen Vogel, doch der winkte nicht zurück. Ein von der Straße nicht einsehbares Spektakel. Ich wusste, dass hinter der Hecke die Nachbarn standen, sich ihre Nasen an der Hecke plattdrückten und warteten, dass ich zurückkam. Aber sie konnten keinen Blick in den Garten meines Großvaters erhaschen.

Ich hatte immer noch einen Schlüssel für das Haus meines Großvaters, betrat es vorsichtig und schaute mich um. Matt und zerbrechlich wirkte das Licht, das sich durch die Lücken zwischen den sporadisch zugezogenen Vorhängen ins Innere schlich. Ein paar Sonnenstrahlen hatten sich an der Platte des schweren Mahagonitisches meines Großvaters festgefressen. Die dünne Staubschicht flackerte.

Ich erschrak vor einer komischen Grimasse, die mir plötzlich gegenüber stand. Doch dann bemerkte ich, dass es nur der Garderobenspiegel meines Großvaters war, in dem sich mein Gesicht spiegelte, nachdem ich wagemutig in eine herumliegende Zitrone gebissen hatte.

»So«, sagte ich mir. »Und wonach suche ich jetzt?!« Zuerst nahm ich mir den Schreibtisch meines Großvaters vor. In der Mitte der Schreibtischunterlage stand der ›Flixberger‹, ein Schuhkarton-großer Holzkasten, hochglanz-lackiert, mit abgerundeten Ecken und einem Schalter und einem Drehregler auf der Vorderseite. Leider hatte mein Großvater mir nie erzählt, was er mit dem ›Flixberger‹ machte oder wozu das Gerät von Nutzen war.

Zwei Fliegen flogen Salti im langweiligen Licht der alten Schreibtischlampe, während ich die Schubladen durchstöberte. Außer ein paar vergilbten Weihnachtskarten und einer Dose Salmiak-Pastillen fand ich nichts, was mir hätte weiterhelfen können. Als ich mich weiter umsah fielen mir die ersten beiden Zeilen eines alten Gedichts ein: »So fern die Nähe mich berührt, ich mich der Ferne nah gesell.« Aber das war nebensächlich.

Ich ging an meines Großvaters Bücherregal und schaute, ob sich zwischen den Büchern noch etwas anderes lesenswertes befand. Buch für Buch nahm ich heraus und blätterte es kurz durch, in der Hoffnung, darin etwas zu entdecken. Dabei schwappte eine Schachtel vom obersten Regalboden und stürzte an mir vorbei zu Boden. Die Schachtel zerbrach in zwei schwere Brocken, die sich unter ihrem eigenen Gewicht zu Staub zerfraßen.

Zwischen den staubigen Überresten der Schachtel entdeckte ich die Ecke eines zusammengefalteten Zettels. Ich schaute genauer hin und blies den Staub beiseite. Es war kein Zettel, den ich sah, sondern der ›Papierschlüssel‹! Mein Großvater hatte mir von ihm erzählt: »Ein Wahnsinns-Ding. Du kannst ihn überall mit hinnehmen, und er öffnet jede Tür.« Woher mochte mein Großvater ihn wohl haben?

Papierschlüssel gab es nämlich nur ganz wenige auf der Welt. Jeder einzelne war eine individuelle Anfertigung aus speziellem Reispapier. Nur ganz besondere Menschen konnten einen erhalten und mussten dafür sehr weit reisen. Denn es gab nur ein Land, in dem Papierschlüssel gefertigt wurden: das winzige Königreich Seenu am östlichen Ausläufer des Pamir-Gebirges. Es hatte nur etwa 2000 Einwohner und wurde regiert von König Balatum. Seenu war so klein, dass es in keinem Atlas und keinem Lexikon verzeichnet war. Ich faltete den Papierschlüssel zusammen und steckte ihn ein.

In der Küche war alles aufgeräumt. Keine Krümel lagen auf dem Tisch, kein dreckiges Geschirr stand in der Spüle, der Kühlschrank war leer.

Ich schaute mich noch ein wenig im Keller des Hauses um, fand aber außer einem verbeulten Blechschild mit der Aufschrift »Bevor es betreten die Treppe, bitte benutzt es die Duschen« nichts Besonderes. Also schlich ich mich durch den Kellerausgang hinaus, überquerte den Wäscheplatz, auf dem ich mich hinter ein paar im Wind flatternden Bettlaken vor den Nachbarn versteckte, und erreichte so ungesehen die Straße.

Bevor ich nachhause ging, stattete ich noch der Lieblings-Eisdiele meines Großvaters einen Besuch ab. Bei ›Gelato Jochen‹ angekommen setzte ich mich an einen der anschmiegsamen Resopal-Tische, fragte mich, wie lange die Nachbarn meines Großvaters wohl noch hinter der Hecke darauf warten würden, dass ich das Haus verließ, und bestellte mir einen Eisbecher ›Gondoliere enorm ohne Sahne‹, der mir schon wenig später zusammen mit einer kleinen Wundertüte an den Tisch gebracht wurde.

Aus billigen Lautsprechern nervte mich ein überflüssiger Hip-Hop-Künstler namens ›Maharadja Rüdiger‹ mit seiner neuesten und hoffentlich einzigen Veröffentlichung ›Weißt du da wo Bahnhof‹.

Mein Telefon klingelte. Als ich abnehmen wollte, bemerkte ich, dass Herr Spitaleri, der Eisverkäufer, im gleichen Moment mit seinem Telefon hinter dem Tresen stand, und er es wohl war, der mich da gerade anrief. »Woher kennt der meine Nummer?«, hätte ich denken können, tat es aber nicht, sondern beobachtete durch das Fenster einen kleinen Jungen, der auf der anderen Straßenseite stand und in der Nase popelte. Ein unerwarteter Windstoß erwischte die Schirmmütze des Jungen und trug sie davon. Überrascht und popelnderweise rannte der Junge seiner Mütze nach. Der Kaktus fiel in den Pudding und machte dabei ein komisches Geräusch.

Geistesabwesend öffnete ich meine Wundertüte. Plötzlich zuckte ein Zeitverzug durch die Aktualität und im Nu war alles später. »Darüber muss man sich keine Gedanken machen«, dachte ich. Herr Spitaleri legte auf, und ich wusste nicht, ob wir miteinander gesprochen hatten.

Siebzehn

Als ich wieder nachhause kam, war ich unangenehm überrascht, dass sich meine Wohnungstür nicht öffnen ließ.

Ohne auch nur eine Sekunde darüber nachzudenken, trat ich in Kriminalfilm-Manier die Tür ein, wobei durch die Wucht des Tritts an einem meiner Schuhe der Schnürsenkel riss. Ich hatte keine Zeit, mich über diesen Verlust zu ärgern, denn als die Tür in staubigem Gewand am Boden lag, traute ich kaum meinen Augen: Das Innere meiner Wohnung war nicht mehr das, was es war, bevor ich es nur wenige Tage vorher verlassen hatte. Aus der an die Zimmerdecke geklebten Glühbirne tropfte etwas Licht in den Raum. Ein undefinierbarer, muffiger Duft streifte durch die Räume. Er schien von dem bräunlichen Belag auszugehen, der sich während meiner

Abwesenheit auf Boden und Mobiliar ausgebreitet hatte.

Fragile Organismen quollen aus meinem grobmaschigen Teppich. Kosmetisch riechende Schwaden stiegen empor und verfingen sich, farblich abgesetzt zur Einrichtung, im Raum. Eine feuchte Nudel kroch an der Wand entlang und hinterließ dabei eine fettige Spur auf der Textiltapete.

Hinter meinem Sofa hatten sich ein paar Wollhandkrabben eingenistet, die ich mit einer dezenten Drohgebärde von dort vertrieb. Ich war verwirrt und suchte etwas im Kühlschrank. Die Wasserhähne in Küche und Badezimmer tropften im monotonen Gleichklang. Auf den Armaturen hatten abstrakte Kalk-Gebilde eine bizarre Miniatur-Landschaft geformt.

Ich überlegte, ob ich den Gernot beauftragen sollte, meine Wohnung wieder in Ordnung zu bringen.

Erst jetzt entdeckte ich meinen Nachbarn, der mit einer Gasmaske bekleidet und einem Paket in den Händen neben der Eingangstür auf mich wartete. Wegen der Maske konnte ich nicht verstehen, was er zu mir sagte, als er mir ein Paket übergab. Es war in speckiges Packpapier eingewickelt, an der ein oder anderen Stelle eingedellt, und sah so aus, als hätte es bereits eine lange Reise hinter sich.

Nachdem ich den bräunlichen Belag von der Sitzfläche gepustet hatte, wollte ich mich auf einen meiner Ledersessel setzen, als plötzlich jemand rief:

»He, aufpassen, Sie grober Kerl!«

Ich sprang zur Seite, ließ dabei ein »Entschuldigung« fallen und schaute mich um, bei wem ich mich gerade entschuldigt hatte.

»Haha, reingelegt«, hörte ich jemanden rufen, sah aber schon wieder niemanden.

»Ich bin's. Hier unten.«

»Wo, hier unten«, wollte ich wissen.

»Na, neben dem Sessel«, wurde geantwortet.

Ich schaute nach. Neben dem Sessel lag nur ein graubrauner

Stein, etwa so groß wie ein normales Schnittbrötchen. »Sind Sie der Stein?«, fragte ich.

»Richtig!«, antwortete der Stein. »Mein Name ist übrigens Franz.«

In den vergangenen Tagen war mir viel Merkwürdiges widerfahren. Insofern war ich nicht allzu verwundert, nun mit einem Stein zu sprechen. »Aber normalerweise liegen Steine nur rum und sagen nichts«, stellte ich fest.

»Wissen Sie…«, sagte Franz, »… wir Steine sind stille Beobachter. Wir passen auf und denken uns unseren Teil. Was ich schon alles erlebt habe … ich könnte Ihnen Geschichten erzählen … uiuiui! Aber meine Ehre verbietet mir, Menschen alles zu verraten.«

»Ich möchte ja auch gar nicht alles wissen«, entgegnete ich. »Vielleicht erzählen Sie mir mal, wo Sie hergekommen sind und was mit meiner Wohnung passiert ist.«

Franz der Stein berichtete, dass er eine sehr lange Reise hinter sich hatte. Er war schon bei der Sternenexplosion im Zündkerzennebel dabei, die aufgrund der Zeitverschiebung im All bereits vor sehr langer Zeit stattgefunden hatte. Allerdings konnte er sich nicht daran erinnern, wie er meinen Sessel gelangt war. Ich überlegte, ob ich Franz mal mit Dr. Tetraeder bekannt machen sollte.

»Und meine Wohnung?«

»Das war ich nicht«, sagte Franz. »Das war schon so.«

Ich begann, das Paket auszupacken, das mir mein Nachbar übergeben hatte. Als ich das widerspänstige Klebeband abgepult hatte, und das Packpapier als knittrige Kugel auf dem Boden lag, hielt ich die Regenbogenschatulle meines Großvaters in der Hand.

Auf einmal fiel mir auf, dass der muffige Duft sich verflüchtigt hatte. Stattdessen kam eine brutale Wolke fruchtigen Parfums um die Ecke gefleucht, ein schaurig-schöner Orangenduft, und vernebelte mir die Sinne.

Ich blickte durch eine alte Flasche und sah die Welt in Grün. Die Sicht aus den kalk- und fliegendreck-verschmierten Fenstern meiner Wohnung offenbarte mir eine wohlwollende Möglichkeit des Äußeren. Also riss ich schleunigst die Fenster auf, um frische Luft herein zu lassen. Draußen empfing mich ein reinigendes Gewitter. Der Regen klang sehr trocken und trommelte eine schale Melodie auf die Dächer der Häuser. Ihm fehlte die warme Melodie eines frischen Windes. Aus der wattigen Wolkendecke stürzte sich selbstlos ein Regenbogen herab und zerschellte am Horizont in einem rüden Hain. Das Wetter war ein Gegner, wie man sich ihn schlimmer nicht hätte vorstellen können.

Mein Telefon klingelte. Es war der Gernot. »Ich bin's mal wieder. Du musst sofort in die Bar ›Kokolores‹. Du wirst erwartet.«

»In Ordnung«, sagte ich, räumte schnell ein wenig auf und machte mich auf den Weg.

Zur gleichen Zeit lieferten sich im Norden der Stadt im Treppenhaus eines mehrstöckigen Bürogebäudes zwei Unbekannte auf Drehstühlen ein Wettrennen. Ein dritter Unbekannter, der auf dem Weg zur Toilette war, überlegte es sich kurzfristig anders und betrat das Treppenhaus. Was dann geschah, konnte im Nachhinein niemand mehr nachvollziehen.

Auf jeden Fall brach im Erdgeschoß des Bürogebäudes Panik aus, und der Pförtner stürzte fluchtartig zusammen mit zwei Besuchern aus dem Gebäude auf die Straße. Ein Hund bellte Stakkato.

Achtzehn

Als ich auf meinem Stammplatz am Tresen der ›Kokolores‹ saß und das Mineralwasser eingoss, setzten sich unzählige kleine Bläschen an der Innenseite des Glases ab und stiegen nur Sekunden später nach und nach, nahezu lautlos ploppend, an die Oberfläche. In einer langweiligen Glasschale vor mir vegetierte eine Ladung salziger Erdnüsse vor sich hin.

Aus den Augenwinkeln konnte ich erkennen, wie sich am Ende des Tresens Herr Köttelfühler die Seele aus dem Leib grinste. »Was macht der denn hier?!«, fragte ich in mich hinein. Beim Anblick seines brutal gemusterten Strickpullovers ließ spontan meine Sehfähigkeit nach.

»Für mich bitte einen Fingerhut mit Mütze, weil es warm ist«, bestellte jemand an einem der Tische hinter mir. Das hatte ich schon einmal gehört.

Eine rassige Südländerin mit üppigem Gemüt nahm neben mir Platz. »Nicht schon wieder«, dachte ich.

»Ich heiße Leoa«, flüsterte sie mir zu. Leoa ... ein butterweicher Name, der leicht wie eine Entendaune durch den Raum schwebte. »Man hat Sie meinetwegen hierher geschickt.« Ihre Grübchen bebten.

Mit den Worten »Einen herzallerliebsten Kaffee bitte«, reichte ich beim Barkeeper eine Bestellung ein.

Leoa rückte sich und ihren Körper auf dem Barhocker zurecht, untermalt von obszönen Geräuschen ihres hautengen, gummierten Hosenanzugs. Der Ventilator über der Theke blies mich an, konnte aber nicht verhindern, dass mir ein Schweißtropfen über die Stirn rann.

Leoa und ich allein am Strand. Die warme Brandung des Meeres beförderte Gischt und Algen-Fragmente ans Ufer. Im Kerzenschein aßen wir belegte Brote. Ich hörte uns mit vollem Mund lachen. Doch es war nur eine Illusion, die nicht wusste, wo sie hin sollte, und deswegen den Weg in meinen Kopf fand. Ich merkte, dass ich nur geträumt hatte und immer noch auf meinem Barhocker saß.

»Bitteschön, Ihr Kaffee.« Der Barkeeper grinste mich an. »Macht zweifuffzig.«

Mit zwei Fingern schob ich ihm die Münzen über den Tresen und wandte mich dann Leoa zu. »Ihretwegen?!«, fragte ich. Ich hoffte, die Wölbungen unter ihrem Hosenanzug waren alle naturgegeben.

»Sie werden sich wundern«, flüsterte Leoa, »wer alles von Ihnen weiß. Das war noch gar nichts, da kommt noch viel.«

Während ich ihren Atem an meinem Ohr spürte, konnte ich nicht verhindern, einen Blick auf ihr Dekolleté zu werfen, und stellte fest, dass Leoa angenehm nach Orangen roch. »Zu welcher Seite gehören Sie?«

Ihre Wimpern zuckten. »Ich gehöre zu keiner ›Seite‹«, entgegnete Leoa. »Ich bin eine Temporär-Botin. Man kann mich buchen, dann überbringe ich Botschaften und Nachrichten, egal von wem, egal wohin.«

»Das heißt, sie haben eine Nachricht für mich ... und die wäre?!«

»Fahren Sie zu Kapitän Brimborium in die Schenkelbucht.«

Ich zögerte. »Das ist alles?!«

Leoa nickte und nippte an ihrem Kaltgetränk.

Ich dachte kurz nach. »Von wem ist die Nachricht? Wer hat Sie gebucht?« Die Antwort darauf wusste ich bereits.

»Das darf ich Ihnen leider nicht sagen.«

Darauf wollte ich noch etwas entgegnen, aber Leoa kam mir zuvor. »Oh,«, sagte sie, »es ist wieder soweit. Schön, Sie kennen gelernt zu haben.«

Ihr Gesichtsinnerstes verpuffte in einer Wolke gelben Staubs. Nur Ohren, Haare und die Nase fielen scheppernd zu Boden.

Der Barkeeper, der bisher regungslos im Schutz einiger Schnapsflaschen hinter dem Tresen verharrte, schlug die Hände über dem Kopf zusammen. »Das ist ja fürchterlich!«, schrie er, bevor er sich mit einem gekonnten doppelten Salto in einen Nebenraum rettete.

»So!« Jemand schlug mit der flachen Hand auf den Tisch. »Das war's.«

Ich klappte die Tasse zu und warf elegant einen Gruß in den Raum.

Neunzehn

Ganz früh am nächsten Tag ging ich zum Hauptbahnhof, um die erste Straßenbahn zur Schenkelbucht, einem Nebenkai des ehemaligen Überseehafens, zu erwischen.

Aufgrund der Versandung wurde im 17. Jahrhundert der zentral gelegene Hafenbetrieb unserer Standt eingestellt, und einige Kilometer nördlich ein neues Hafenbecken in den Boden gestampft. Aufgrund erheblicher Baufälligkeit der Kaianlagen wurde dieser Überseehafen jedoch vor einigen Jahren geschlossen. Übrig blieben ein paar Nebenkais, mittlerweile Tummelplatz für Aussteiger, Abenteurer und Liebhaber alternativer Wohnkultur.

Vor dem Hauptbahnhof fegte eine Reinigungsfachkraft trockenes Laub unter die parkenden Taxis, und pfiff dazu eine Melodie aus der Dreigroschenoper. Einer der auf Fahrgäste wartenden Taxifahrer furzte. Ich konnte es an seinem Gesichtsausdruck erkennen.

In der Bahnhofshalle hing ein riesiges Transparent, dass für

eine neue Schokoladensorte warb. »Beiß mich: Schlaraffen-
wahn«, stand darauf in überdimensionalen Lettern.

Auf dem Bahnsteig erwartete mich Bürgermeister Umprecht, mit üppiger Frisur, aber sehr ergraut, so dass es so
aussah, als würde er eine kleine Regenwolke auf seinem Kopf
tragen.

»Gut, dass ich Sie noch erwische«, sagte er. »Als Sie neulich
bei mir waren, habe ich etwas vergessen. Ich habe vergessen,
Ihnen das hier mitzugeben.« Er hielt mir den ›Flixberger‹ entgegen.

»Der Flixberger ...«, bemerkte ich erstaunt. Den hatte ich
doch nach meinem Besuch beim Bürgermeister noch im Haus
meines Großvaters gesehen. »Wie kann das sein? Wie haben
Sie ...«

»Keine Fragen jetzt«, unterbrach mich Umprecht. »Das Ganze ist ohnehin schon kompliziert genug. Es ist wichtig, dass
Sie alles dabei haben, was ihr Großvater für Sie vorbereitet
hat. Denn nur so haben Sie die Chance ...«

»Umprecht!", gröhlte plötzlich jemand von einem anderen
Bahnsteig zu uns herüber, und lenkte mich kurz ab. »Ihr seid
ja voll der ...«

In diesem Moment fuhr die Straßenbahn ein und übertönte
alles beim Halten mit einem lang gezogenen, schrillen Quietschen. Umprecht reagierte weder auf den gröhlenden Idioten,
noch auf die bremsende Straßenbahn, sondern sprach weiter.
Aber ich konnte nicht verstehen, was er mir sagte.

»... wenn die Zeit gekommen ist. Also, viel Glück«, verabschiedete sich Umprecht, als die Straßenbahn endlich stand,
und eilte davon.

Die Straßenbahn fuhr bereits einige Minuten, als einer
der anderen wartenden Fahrgäste sich plötzlich erhob, sein
Jacket zurechtzupfte und begann, in unverständlichem Kau-
derwelsch, das dem Lallen eines Betrunkenen glich, den übrigen Anwesenden etwas zu erzählen. Da ich ohnehin kein

Wort von ihm verstehen konnte, hörte ich gar nicht richtig zu, sondern schaute aus dem Zugfenster. Das optische Getöse der unübersichtlichen Landschaft formte einen braun-grünen Brei, der nicht besonders einladend aussah. Unscharf schmetterte mir in weiter Ferne die Sonne ein paar Protuperanzen entgegen. Hinter dem gebürsteten Deich erspähte ich am Horizont die in der Sonne glitzernde Schenkelbucht

Vor mir lag ›Die Torte der Kathode‹, Kapitän Brimboriums mattschwarzer segelfreier Gaffelschoner.

Mir den Rücken zugewandt stand Kapitän Brimborium, der erste Mensch, der die Welt rückwärts umsegelte, an der Reling seines Schiffes. Er blickte durch ein Fernrohr aufs Meer hinaus. Aus dem diesigen Himmel schossen ein paar Möwen über meinen Kopf hinweg, um danach Brimboriums leuchtende Kapitänsmütze zu umkreisen.

»Schön die Schuhe saubermach-n!«, ermahnte er mich, gerade als ich das Deck betreten wollte. Also benutzte ich die Fußmatte, die am Ende des Landungsstegs lag, und auf der ›Ahoi‹ stand.

»Nun lerne ich Sie also -ndlich einmal k-nn-n«, murmelte Brimborium, ohne sich zu mir umzudrehen. »Es ist viel passiert, und langsam wird es Zeit, alles in die richtig-n Bahn-n zu l-nk-n, find-n Sie nicht auch?!« Nicht nur seine merkwürdige Aussprache irritierte mich, sondern auch die Tatsache, dass er mir immer noch den Rücken zudrehte und in die Ferne sah.

»Ach, -ntschuldig-n Sie ... willkomm-n an Bord.« Brimborium drehte sich plötzlich um und reichte mir seine Hand. Sein vernarbtes Gesicht strahlte wie eine erdige Kartoffel. An seinem Revers prangte eine Anstecknadel mit der Aufschrift »Grillt Mauerwerk!«.

»Dieses kleine Spielzeug habe ich von Ihrem Großvater erhalt-n. Ich sollte es für ihn aufbewahr-n, bis Sie einmal vorbeikomm-n.« Brimborium präsentierte mir sein Fernrohr.

»Ein Fernrohr?«, fragte ich.

Brimborium lachte. »So sieht es aus, was?! Aber schau-n Sie doch einmal hindurch«, forderte er mich auf.

Ich stellte mich an die Reling und warf einen Blick durch das Rohr auf die Schenkelbucht. Aber ich sah keine Bucht, kein Wasser, keinen Himmel, sondern Brimborium, der hinter mir stand und mir mit einer Hand winkte. Ich erschrak.

»Kein Fern-, sondern ein Rückrohr«, Brimborium lachte noch einmal. »Man sieht nicht, was in der Ferne vor sich geht, sondern was hinter einem passiert. Was halt-n Sie nun von einem Stück Kuch-n und einer schön-n Tasse Kaffee?!«

Ich steckte das Rückrohr in meine Umhängetasche und folgte Brimborium ins Schiffsinnere. ›Der Smut in der Kombüse verfeinert das Gemüse.‹ stand auf einer Tür, hinter der es nach frisch aufgebrühtem Muckefuck roch. In seiner Kapitänskajüte reichte mir Brimborium eine Tasse des Gesöffs und einen Porzellanteller mit einem Stück Eierlikör-Kuchen.

Mit den Worten »Nehm-n Sie ruhig Platz« bot mir Brimborium einen knarzenden Stuhl an. Ich setzte mich und genoss meinen Eierlikör-Kuchen. Auf der Schreibfläche von Brimboriums Sekretär stand ein Bilderrahmen mit dem gleichen Foto darin, das ich zum Teil schon einmal bei meinem Großvater gesehen hatte, und von dem mir Luckner die andere Hälfte gezeigt hatte: Luckner, mein Großvater, eine dunkelhäutige Schönheit, Mombasa und Brimborium. Ich verschluckte mich an meinen Muckefuck.

»Ah, Sie kenn-n das Foto«, bemerkte Brimborium.

»Nicht nur das Foto«, entgegnete ich. »Ich kenne Luckner, Mombusa, nun auch Sie … aber wer ist die Frau?«

»Penelope Wong«, antwortete Brimborium. »Eine Frau mit ganz besonder-n Fähigkeit-n.«

»Was soll das heißen?«, wollte ich wissen.

»Na ja …«, Brimborium zögerte und nahm einen Schluck Muckefuck. »Sie kann zum Beispiel ein Reiskorn mit d-n Fingern durch eine geschlossene Tür schnipp-n.«

Ich schaute etwas ungläubig.

»Das glaub-n Sie nicht, hm?!« Brimborium stellte seine Kaffeetasse auf den bereits leeren Porzellanteller und leckte ein paar Kuchenkrümel von seinen Fingern. »Und natürlich kann sie noch viel mehr.«

»Aber was haben Sie alle mit meinem Großvater zu tun?«, fragte ich ungeduldig. »Das mit der Gilde und dem Buch weiß ich ja bereits ... aber Sie ... und die Anderen, die hinter dem Buch her sind ... und wo zur Hölle ist mein Großvater?«

Ich musste wohl etwas lauter geworden sein, denn Brimborium hob beschwichtigend seine Hände. »Ich weiß leider nicht, wo ihr Großvater ist. Aber Sie werd-n rechtzeitig alles erfahr-n«, versuchte er, mich zu beruhigen. »Hab-n Sie eigentlich schon einmal darüber nachgedacht, warum ein Globus so ausgerichtet ist, dass Nord-n ob-n ist, und nicht etwa links, rechts oder sogar unt-n?«, fragte Brimborium. Und weil ich nicht wusste, was ich darauf antworten sollte, fügte er hinzu: »Denk-n Sie mal darüber nach ... aber nicht jetzt.« Dann fuhr er fort: »Jed-nfalls ... wir hab-n bis zu seinem Verschwind-n für Ihr-n Großvater gearbeitet."

»Sie haben was?" Ich verschluckte mich erneut an meinem Heißgetränk. Ich dachte immer, mein Großvater wäre ein stinknormaler Großvater mit einem Häuschen mit Garten und den üblichen Zipperlein und komischen Anwandlungen, die das Alter so mit sich bringt. »Was haben Sie für ihn gemacht?«

»Wir hab-n immer mal wieder Dinge für ihn beschafft. Und zwar auf der ganz-n Welt. Und die hat er dann hier im Haf-n auf meinem Schiff abgeholt.«

»Dinge?«, fragte ich neugierig.

»Frag-n Sie mich nicht, was das für Sach-n war-n«, antwortete Brimborioum. »Die war-n immer in Kist-n eingepackt, in die wir nicht reinschauen konnt-n. Und ihr Großvater hat uns auch nichts darüber verrat-n.«

»Und die Kisten, die Sie beschafft haben ... ich meine ...

wo sind die hin, wo sind die jetzt?«, wollte ich wissen.

»Keine Ahnung. Wie gesagt: Ihr Großvater hat alles selbst auf meinem Schiff abgeholt.«

Als ich mit der Straßenbahn zurück zum Hauptbahnhof fuhr, verspürte ich eine innere Schwere.

Zwanzig

Durchweichte Kartons kräuselten sich auf dem regennassen Pflaster, als ich den Hauptbahnhof verließ. Die bunten Lichter der Stadt glitzerten in Pfützen wie ein Haufen zerschmissener Weihnachtsbaum-Kugeln.

Auf der Straße wurde mir ein Blatt einer unbekannten Zeitung entgegengeweht, das sich spontan um einen Laternenpfahl wickelte, und mir seine eingeferkelte Oberfläche – ich konnte nicht erkennen, ob es Fäkalien oder zermatschtes Gemüse war – entblößte.

Was ich aber erkennen konnte, war eine laut gestaltete Anzeige mit dem monatlichen Programm des ›Schleudertrauma‹, eines angesagten Underground-Clubs mit integriertem Kino. Rasmus Asmussen stellte dort sein Reisetagebuch ›Mit Rotkohl zum Nordpol‹ mit begleitender Diashow vor, und die ›Fickerbande‹, eine lokale Punk-Band präsentierte ihre neue Langspielplatte ›Freibier für alle, sonst gibts Krawalle‹. Was mir aber besonders ins Auge fiel, war der Hinweis auf das Treffen der ›Allwissenden‹, das an diesem Tag im ›Schleudertrauma‹ stattfinden sollte. Die ›Allwissenden‹ ... vielleicht konnten die mir noch die ein oder andere Frage beantworten.

Der Fahrer der ›Linie 31‹, einem blechernen, zeitlos hässlichen Seelenverkäufer, der als öffentliche Busverbindung zwischen den Stadtteilen pendelte, trug eine Kunstrasenkappe mit Borte, und nickte freundlich, als ich einstieg. Ich setzte mich auf den erstbesten freien Platz. Durch das geöffnete Fenster blies der Wind eine Prise Frischluft in meine Richtung. Außerdem roch es nach Sand und Holz ... nach Baustelle.

Das ›Schleudertrauma‹ war nicht schwer zu finden. Eine riesige Konstruktion aus Stahl und Glas, die aussah wie ein gigantisches Steampunk-Ei, das schräg im Boden steckte – unattraktiv und verwahrlost. Blanke Metallbuchstaben prangten in maximaler Ausdehnung auf der unbehauenen Fassade.

Im Schaukasten neben dem mit schweren Ketten verschlossenen Eingang blitzte ruhelos eine defekte Neonröhre vor sich hin. Das spärliche Kinoprogramm kündigte die überflüssige Romanverfilmung ›Der klirrende Fleischball‹ an. Vergilbte Plakate und blasse Fotos von Menschen, deren Kleidung und Frisuren nicht der aktuellen Mode entsprachen, zeugten von längst vergangenen Zeiten. Das Kassenhäuschen war unbesetzt, und es sah so aus, als würde hier schon lange keine Veranstaltung mehr stattfinden. Töne tobten im Foyer. Es war eine herumliegende Misere, die sich gramte.

Auf dem Weg zum Hintereingang schlich ich an abstrakten Fragmenten aus Kartoffelschalen sowie ein paar ausladenden Haufen abgestellten Krempels vorbei und entdeckte dabei Allerlei, über dessen Auffinden sich die ehemaligen Besitzer nicht freuen würden.

Das elektronische Schloß der Sicherheitstür überlistete ich, indem ich auf der dazugehörigen, neben der Tür angebrachten Tastatur, einfach alle Ziffern gleichzeitig drückte, und danach die Tastatur mit einem weichgekauten Kaugummi hübsch verklebte.

Obwohl die Sicherheitstür schwer, beschmiert und rostig war, gab sie beim Öffnen keinen Ton von sich. Lautlos bewegte ich mich durch dunkle Gänge bis zum Veranstaltungsraum, in der

Erwartung, da die ›Allwissenden‹ zu treffen. Stattdessen saßen dort im Scheinwerferlicht, auf feisten Ledersesseln um einen Tisch vereint, drei ältere Herren mit lustigen Hüten beim Kartenspiel. Der Boden war mit glänzenden Stahlplatten verkleidet, die das Scheinwerferlicht reflektierten und es so aussehen ließen, als seien die Herren am Tisch von einer Aura umgeben.

»Guten Tag die Herren, darf ich mal kurz stören?!«, warf ich in die Runde.

»… der Zeitens Gang nicht kannst verwehren«, kam es vom ersten der Herren zurück, der schenkelklopfend ein kurzes Lachen in die Halle schickte.

»Bitte?!«, fragte ich.

»Kommen Sie ruhig näher. Kommen Sie ruhig heran«, antwortete der Zweite.

»… die Ferne nah gesellt sich dann«, fuhr der Dritte lachend fort.

»Und noch so nah das Gestern war …«, meinte der Erste.

»… die Früh des Morgen näher da«, setzte der Zweite nach.

Den dann folgenden Ausbruch guter Stimmung beendete ich mit einem energischen »Hallo, die Herren!«, worauf die Drei sich zusammenrissen und wieder ganz bei mir waren.

»Ach, entschuldigen Sie.« Der Erste erhob sich aus seinem Sessel und reichte mir die Hand. »Manchmal vergessen wir uns ein wenig, und dann geht es mit uns durch.«

»Wie Sie wissen, sind wir die Allwissenden«, sagte der Zweite. »Wir stellen uns Ihnen jetzt nicht weiter vor, weil es völlig unwichtig ist, wie wir heißen.« Er ließ seine Karten in der Brusttasche seines Hemdes verschwinden. Die anderen Beiden taten das Selbe. »Wir können ein paar Fragen beantworten, die Sie beschäftigen«, fuhr er fort. »Die Bücher …«

»… es gibt mehrere davon, das haben Sie ja bereits erfahren«, ergänzte der Erste.

Alle drei trugen nun abwechselnd ihren Teil zu unserer kleinen Informationsveranstaltung bei.

»Aber nur in einem steht etwas drin, die anderen sind leer.«

»Denn ...«

»... was passiert ist, ist passiert. Und was passiert ist, interessiert niemanden mehr.«

»Zumindest nicht die Gilde. Sie kennen doch die Gilde?«
Ich nickte.

»Also verschwindet es aus den Büchern. Und nur das, was gerade passiert ...«

»... oder noch passieren wird ...«

»... bleibt stehen.«

»Das gesuchte Buch«, resümmierten die Drei gleichzeitig.

Der Erste machte es sich wieder in seinem Sessel bequem, faltete die Hände auf seinem Buch und sagte: »Kommen wir nun zum Wesentlichen.«

»Erstens«, begann der Dritte. »Sie sind heute der einzige Gast«

»Zweitens«, fuhr der Erste fort. »Wir wissen natürlich nicht alles. Aber eben fast.«

»Drittens«, erklärte schließlich der Zweite. »Sie müssen wieder zum Multigravitationshaus gehen.«

»Multi-was? Und warum sagen Sie ›wieder‹?«, fragte ich.

Die drei Allwissenden schauten sich etwas verlegen gegenseitig an. Der Zweite räusperte sich, als wollte er etwas sagen, doch der Dritte fiel ihm ins noch nicht ausgesprochene Wort: »Das werden Sie sehen, wenn Sie dort sind ... im Multigravitationshaus. Sie werden überrascht sein.«

Der Erste riss sich eine Feder vom Hut, zog eine seiner Karten aus der Hemdtasche und malte mit der Feder eine Wegbeschreibung darauf. Die anderen Beiden beschwerten sich darüber, weil nun eine Karte im Spiel fehlte. Aber der Erste beschwichtigte: »Wir sollten jetzt gemeinsam an die Decke sehen und schauen, ob etwas passiert.«

Einundzwanzig

Die Landschaft schien an diesem Tag den Entschluss gefasst zu haben, besonders imposant aufzutreten. Die Herbströte durchzuckte die Bäume am Straßenrand. Ihre mit vergilbten Blättern behangenen Tentakel wogen auf und ab, als würden sie den Anweisungen eines unsichtbaren Dirigenten Folge leisten.

Das besagte Multigravitationshaus lag im gutbürgerlichen Westteil unserer Stadt, ganz am Ende einer nebligen Nebenstraße. Hätte ich nicht gewusst, dass sich hinter dem grünen, von zwitschernden Vögeln bevölkerten Dickicht, ein Haus befand, hätte ich dem Grundstück keine Beachtung geschenkt. Den stark lädierten gemauerten Pfosten, der fast komplett von den Tentakeln des Parks verschlungen war, und das von Efeu gefesselte schmiedeeiserne Tor, das wie in die Erde gerammt daneben stand, hätte ich wahrscheinlich gar nicht bemerkt.

Hinter dem Tor sollte der Weg zum Haus beginnen, war auf der Spielkarte skizziert, die mir der Allwissende gegeben hatte. Beim Versuch, über das Tor zu klettern, hätte ich es fast komplett aus seiner Verankerung gerissen, konnte aber gerade noch verhindern, mit dem rostigen Ding kopfüber in die Büsche zu stürzen.

Das Multigravitationshaus war eine kleine dreistöckige Gründerzeit-Villa mit leicht dekorierter Fassade, hellem Putz, Ausluchten und freier Bruchsteinmauer im Erdgeschoss.

Auf der vor dem Eingang liegenden, verwitterten Fußmatte saß ein Eichhörnchen, dass genüsslich an einer Kastanie knabberte. Als es mich kommen sah, warf es die Kastanie beiseite, richtete sich auf, schaute mich an und sagte: »Da bist du ja schon wieder.«

Da ich mich ja kürzlich bereits mit einem Stein und einem

Unsichtbaren unterhalten hatte, fand ich es nicht befremdlich, nun von einem Eichhörnchen angesprochen zu werden. »Kennen wir uns?«, fragte ich das putzige Tier.

»Was ist denn das für eine Frage«, entgegnete das Eichhörnchen etwas frech. »Ich bin Udo, das Eichhörnchen ... habe ich dir doch vorhin schon gesagt.«

»Wie, vorhin? Ich bin doch gerade erst angekommen.« Ich ging vor dem Eichhörnchen in die Hocke.

»Quatsch!", meckerte Udo. »Du bist schon längst im Haus!«

»Wenn ich im Haus bin, wie kann ich dann gleichzeitig hier draußen stehen?«, wollte ich wissen und stupste Udo mit dem Finger auf die Nase.

»Mist. Da hast du recht«, stellte Udo fest. Er schaute erschrocken nach links, danach nach rechts, dann schnappte er sich seine angeknabberte Kastanie und huschte die Eingangstreppe hinunter in den Garten.

Da die Eingangstür verschlossen war, wollte ich das Multigravitationshaus durch die milchige Terrassentür betreten. Ein lauer Wind umspülte die zwischen den Büschen angeordneten Gartenzwerge, woraufhin einer von Ihnen umfiel und in einige daumendicke Scheiben zerplatzte.

Um auf die Terrasse zu gelangen, musste man durch ein schmales Tor stapfen, und dabei einen Gummipfropfen von einer in Kopfhöhe angebrachten Zierleiste zupfen. An der Wand neben der Terrassentür klebte eine tote Fliege. Sie konnte wahrscheinlich Zugluft nicht vertragen.

Mit Schaudern durchbrach ich die Terrassentür und stand plötzlich selbst vor mir. Mit wilden Haaren und verbeultem Hemd blickte ich in mein eigenes Gesicht. Das meinte Udo also, als er sagte, ich wäre schon längst im Haus. Der andere Ich schaute mich etwas verwirrt an: »So früh hätte ich dich gar nicht erwartet.« Dann wurde ich von ihm gepackt und ins Haus gezogen.

Hier lebte schon seit längerer Zeit niemand mehr. Tapetenfetzen hingen von der Wand, das Mosaikparkett war teilweise abgelöst, ein paar Möbeltrümmer lagen herum. Es war kühl und roch etwas muffig.

»Ich hätte nicht gedacht, dass du schon hier bist«, sagte der andere Ich, während er in einer Kommerz-Akut-Tüte buddelte. »Aber umso besser, dann können wir gleich los. Ah, hier ist sie.« Der andere Ich schien gefunden zu haben, wonach er gesucht hatte, und zog eine Packung Mortadella aus der Tüte.

Weil ich wohl etwas fragend schaute, sagte der andere Ich: »Zeig ich dir gleich«, und erklärte: »Hier im Haus wirken unterschiedliche Schwerkräfte. Wir müssen das Zentrum des Hauses finden. Dort wo alle Kräfte gleichmäßig wirken.«

Wir hatten beide den gleichen Gedanken: »Schwerelosigkeit«, sagten wir gleichzeitig.

Der andere Ich schaute mich streng an: »Du hast hoffentlich die Schatulle dabei.«

»Die Regenbogenschatulle?«, fragte ich.

»Genau die.«

»Hab ich. Aber ich weiß immer noch nicht, was …«

»Na, dann los«, unterbrach mich der andere Ich.

Aber als ich den Flur betreten wollte, hielt mich der andere Ich zurück. »Moment«, sagte er. Dann zog er eine Scheibe Mortadella aus der Packung und warf diese locker aus dem Handgelenk Richtung Decke. »Jetzt pass auf. Eine einfache Möglichkeit festzustellen, in welche Richtung die Schwerkraft wirkt«, erklärte er dabei. Und tatsächlich: Die Scheibe Mortadella hatte zur linken Wand abgedreht und blieb dort mit einem schmatzenden Geräusch kleben.

»Jetzt ist links unten«, stellte der andere Ich lächelnd fest.

Dann hatten wir beide die gleiche Idee: Wir legten uns flach auf den Boden, krochen mit den Füßen voran in den Flur und rutschten sofort zur linken Wand. Dort standen wir einen Moment quasi waagerecht im Raum, um uns zu orientieren, und gingen dann auf der Wand zur nächsten Tür. Im folgenden

Raum zeigte uns der Mortadella-Trick, dass die Schwerkraft dort zur Decke wirkte. Also bewegten wir uns einen Moment kopfüber durchs Haus.

So kraxelten wir weiter durch die Räume des Hauses, immer eine Scheibe Mortadella voran, um festzustellen, wo für uns oben und unten war.

Irgendwann erreichten wir ein Zimmer im zweiten Stock. Der andere Ich wandt wie gehabt seinen Trick an. Aber anstatt sofort zu einer Seite des Raumes zu flitzen, schwebte die Scheibe Mortadella langsam auf Augenhöhe davon. Wir schauten uns an.

»Gefunden«, sagte der andere Ich.

»Und was müssen wir jetzt tun?«, fragte ich.

»Wir passen auf, wohin sich die Scheibe bewegt. Und wenn sie stehen bleibt, müssen wir hinterher, und an genau der Stelle die Regenbogenschatulle öffnen.«

Wir schauten der Scheibe Mortadella nach. Nach mehreren Minuten und wenigen Metern blieb sie in der Luft stehen, und bewegte sich nicht mehr. Wir stießen uns vorsichtig am Türrahmen mit den Füßen ab und schwebten zur Scheibe Mortadella hinüber. Dort angekommen, hielten auch wir an.

Der andere Ich sagte: »So, jetzt bist du dran.«

Mich langsam um die eigene Achse drehend holte ich die Schatulle aus meiner Umhängetasche.

»Aber erinnerst du dich: ›Niemals in geschlossenen Räumen öffnen.‹ hatte Großvater damals gesagt«, merkte ich an.

»Ich weiß.« Der andere Ich drehte sich mir entgegen. »Aber du musst es tun.«

Als meine Drehbewegung nachließ, und ich mich im Raum stabilisiert hatte, klappte ich vorsichtig den Deckel der Schatulle hoch.

Urplötzlich schmetterte uns eine Fontäne aller erdenklichen Farben entgegen, verteilte sich im Raum, prallte von den Wänden ab, um sich selbst wieder entgegen zu schießen.

Es schien, als würde der Inhalt der Schatulle explodieren. Ich wurde dermaßen durch die Luft gewirbelt, dass ich in dem jetzt vorhandenen Meer von Farben nicht mehr erkennen konnte, wo eigentlich oben und unten war. Und aufgrund der fehlenden Schwerkraft hatte ich nun vollkommen die Orientierung verloren.

Dann prallte ich frontal auf etwas, dass aussah wie gelbviolette Glaspampe, und verlor das Bewusstsein.

Als ich wieder aufwachte, lag ich flach auf dem Rücken und schaute an die Decke auf zerfressenen weißen Stuck, von dem mir ein paar Brösel ins Gesicht fielen. Nachdem ich mich aufgerappelt und mir die Mörtelbrösel aus dem Gesicht gefuchtelt hatte, fiel mir auf, dass sich das Farbchaos verflüchtigt hatte. Das Zimmer sah wieder so aus wie vorher. Aber der andere Ich war nicht zu sehen. »Hallo? Bist du noch da?!«, rief ich. Aber niemand antwortete. Dafür klopfte etwas an die Scheibe eines der vierflügeligen Sprossenfenster. Es war Udo das Eichhörnchen.

Kaum hatte ich das Fenster unter Ausübung leichter Gewalt geöffnet, meckerte mich Udo an: »He, was ist das für ein Krach hier! Da kann man ja nicht in Ruhe seine Kastanien knabbern! Aber eins sag ich dir …«, Udo zeigte mit seinem kleinen Pfötchen auf mich und machte dazu ein böses Gesicht, »… noch einmal lass ich dich nicht ins Haus, verstanden?!«

Ich nickte, und Udo hoppelte zufrieden auf dem unter dem Fester liegenden Gesims davon.

Zweiundzwanzig

Gerade hatte ich den Bringdienst des ›Würstel-Mütz‹ an meiner Wohnungstür abserviert, und wollte es mir mit einer ›Bombast-Scharmützel-Platte‹ und einer Flasche 97er ›Traubentöter‹ auf dem Sofa bequem machen, als der elektronische Kalender meines Mobiltelefons eine Erinnerung auspuckte: »22 Uhr, Kokolores«.

»So ein Unsinn!«, dachte ich und überlegte kurz, wieso ich diese Erinnerung auf meinem Telefon hinterlegt hatte. Es kratzte in meinem Kopf.

Eine halbe Stunde später sprang ich vom Sofa auf, massierte mir kurz mein vom Sturz im Multigravitationshaus lädiertes Kreuz, klatschte in die Hände und sagte: »Selbstgebaut aus Pflaumenhaut!« – so wie es mein Großvater regelmäßig vermeldete, nachdem er sich ein paar selbstgebrannte Schnäpse ins Gesicht geschoben hatte.

Um kurz vor 22 Uhr betrat ich die ›Kokolores‹.

Die von der styroporverkleideten Decke reflektierten Lichtmassen quetschten mich als matschigen Schatten auf den rissigen Linoleum-Boden. Ein Heizkörper hatte sich aus seiner Halterung gelöst und hing verachtend in den Raum.

Vor dem halbwegs intakten Tresen drängte sich mehrlagig das durchwachsene Publikum. Im schummrigen Licht, das schwer im Raum hing, konnte ich ein paar bekannte Gesichter erkennen: Pastor Pockenwurst hatte in seiner Lieblings-Sitzecke Platz genommen, Dr. Tetraeder bekam gerade ein Kaltgetränk über den Tresen geschoben und Mombusa war auch dort.

Letzterer winkte mir, als ich ihn entdeckte, fraß sich mit grantigem Gesicht zu mir in die vorderste Reihe und gesellte sich zu mir. »Ausgerechnet heute«, knurrte er. »Ich hatte doch etwas ganz anderes vor. Hoffentlich Sind Sie bereit.«

»Wofür?«, wollte ich noch fragen, als mich etwas von der Decke aus ein »Hallo Du« erreichte. Fast hätte ich die blassblaue Blase nicht bemerkt, die schon seit geraumer Zeit dort zu schweben schien.

»Hallo«, wunderte ich mich. »Was machst du denn hier?! Du bist doch längst geplatzt ...?!«

»Nein nein, noch nicht«, entgegnete die Blase. »Das kommt eigentlich noch ... in geraumer Zeit ... und eigentlich ist es schon passiert ... von außen betrachtet.«

Anscheinend schien nur ich die Blase zu bemerken, denn keiner der anderen Gäste zeigte eine Regung. Die Anwesenden und die Zeit standen still.

»Und jetzt?«, fragte ich die Blase.

»Jetzt ... ist relativ. Gleich bin ich weg. Und nachher musst du unbedingt versuchen, alles in Ordnung zu bringen.«

Die Blase hüstelte ein paar Mal und platzte schließlich. Und kaum hatte sich die Blase an der Decke unbemerkt von den Anderen verflüchtigt, schob Mombusa seinen Kopf zur Seite, um mir einen Blick über die Köpfe der anderen Gäste hinweg zu gestatten.

Die Mitglieder der ›Scheiße-Clowns‹, einer stadtbekannten Rockabilly-Band, hatten sich auf einem mit künstlichem Kuhfell bespannten Sofa in Pose geworfen. Ihre Bierflaschen lässig mit zwei Fingern haltend balzten die Drei um die Aufmerksamkeit einer Frau, die mit dem Rücken zu mir an einem Nebentisch saß. Sie trug eine enge, leicht glänzende Samt-Hose, halbhohe Stiefel und einen Military-Mantel mit viktorianischen Rüschen, alles in schwarz. Dazu eine morbid angehauchte Hochsteck-Frisur, wie man sie sonst nur von den ›Jardin-Noir‹-Partys im ›Biroyal‹ kannte.

Ich war mir ziemlich sicher, die Frau bisher noch nie in der ›Kokolores‹ gesehen zu haben. Doch als sie sich, wie auf ein unsichtbares Kommando hin, plötzlich zu mir umdrehte, erkannte ich sie: der Schmollmund.

»Ach was«, dachte ich.

Da begann der Kampf.

Plötzlich wurde nämlich ein Stuhl durch den Raum geschleudert. Obwohl Dr. Tetraeder blitzschnell zur Seite sprang, streifte ihn der Stuhl fast unmerklich und hinterließ eine kleine Schramme auf seiner Nasenspitze. Es schepperte gewaltig, als der Stuhl auf die gläsernen Regale hinter dem Tresen traf und aus den aufgereihten Flaschen und Gläsern Kleinholz machte. Sofort flüchtete ein Großteil der Gäste. Wampo und Stupido versuchten vergeblich, die flüchtenden Gäste zum Bezahlen zu überreden, sondern wurden einfach überrannt.

Gerade noch sah man Pastor Pockenwurst in seiner Sitzecke, doch jetzt klebte nur noch sein Schatten auf dem Pannesamt dahinter. Mit einem lauten Knall tauchte zwischen den plattgesessenen Kissen das Wichtelmännchen auf. Beißender Qualm stieg unter seiner Mütze hervor und hüllte die Sitzecke in eine dicke Rauchwolke.

Wie bei einem Auftritt eines zweitklassigen Magiers erschien in der Wolke eine weitere Person. Als sich der Rauch verzogen hatte, konnte ich den Pianisten erkennen. Er trug den gleichen Smoking wie bei unserer ersten Begegnung. Stocksteif stand er da, still wie die uns umgebende Luft, und starrte mit seinem blechernen Gesicht in die Runde.

Einen besonders grandiosen Auftritt absolvierte der Sparkommissar: er pellte sich nicht etwa wieder aus der Wand, sondern quoll aus der Decke und fiel in einer Wolke aus Styropor-Kügelchen zu Boden. Blitzschnell sprang er auf und schoss mit einer pinkfarbenen Baretta zweimal in die Luft. Noch bevor er »Was ist denn hier los ... Sie sind alle festgenommen!«, rufen konnte, hatte Eddie Luckner ihn mit einer Flasche Schampus von hinten niedergeschlagen.

Bürgermeister Umprecht erschien in der Tür der ›Kokolores‹ und versuchte, sich durch die flüchtenden Gäste nach innen zu drängen. Seine schief sitzende Brille versperrte ihm die Sicht, als er auf blassen Socken angerannt kam, doch er schaffte es zu uns. »Komme ich noch rechtzeitig?«, fragte er außer Atem.

Das Wichtelmännchen und der Pianist drängelten sich langsam zu uns herüber.

Tetraeder rief mir zu: »Sagen Sie nichts, ich kümmere mich um die Sache.« Er zog scheinbar einen Fön hinter seinem Rücken hervor, der aber statt heißer Luft nur ein minderbemitteltes Getöse von sich gab. Damit erwischte Tetraeder frontal den Pianisten, der daraufhin meterweit durch die Luft geschleudert wurde. Er schmetterte an die nächste Wand, der Putz splitterte in verschiedene Richtungen auseinander, und der Pianist blieb als grüner matschiger Fladen auf dem nackten Mauerwerk kleben.

»Und schon vorbei«, bemerkte Mombusa.

Das Wichtelmänn ging daraufhin blitzschnell in die Knie und wirbelte herum. Einer seiner Schuhe löste sich, schoss durch den Raum und traf Luckner am Kinn. Dabei begrub der Schuh eine Fruchtfliege unter sich, die sich in die Nähe von Luckners Kopf verirrt hatte. Luckner fand das gar nicht lustig, sondern schlüpfte blitzschnell aus seinem Jacket, sprang auf das Wichtelmännchen zu und schlug es mit einem Kampfschwamm nieder.

Der Barkeeper, der trotz des Tumults seinen Platz hinter dem Tresen nicht verlassen hatte, schlug die Hände vors Gesicht, stieß einen Schrei aus und löste sich binnen Sekunden von den Füßen an aufwärts in feuchten Nebel auf. Nur das Kunstfaserhemd blieb übrig und schwebte wie eine Feder langsam zu Boden.

Mombusa und ich schauten uns mit großen Augen an.

Niemand hatte bemerkt, dass der Schmollmund das Marzipanklavier des Pianisten aufgebaut hatte und es durch einen heftigen Tritt auf uns zurollen ließ.

Schreiend löste sich der Fladen des Pianisten von der Wand, und fiel als schleimiger schwarzer Brei zu Boden. »Was ist das denn?!«, hörte ich mich laut denken, bevor sich mein Schatten hinter mir nicht mehr halten konnte. Das Marzipanklavier rollte an mir vorbei und prallte ungebremst auf Mombusa.

Mittlerweile hatte sich eine unbekannte Anzahl weitere Gäste an dem Tumult beteiligt. Man hörte Gläser klirren, Holz brechen und den ein oder anderen Schmerzensschrei, wenn irgendjemand von irgendetwas getroffen wurde. Luckner schmiss derweil die Fenster ein, damit es drinnen dunkler wurde.

Ich dachte einen Moment ins Leere, dann fiel es mir ein: die Regenbogenschatulle! Ich holte sie aus meiner Umhängetasche. Ich erinnerte mich daran, was im Multigravitationshaus passiert war, als ich die Schatulle dort öffnete. Also tat ich es nochmal.

Durch die Räume schoss ein wunderschöner Regenbogen, der Bilder von der Wand fegte und Lampen von der Decke riss. Die totale Farbe breitete sich aus. Für kurze Zeit war alles gleichmäßig bunt, und man konnte nicht erkennen, wer einem gegenüberstand.

In dieser deeskalierenden Koloration sprang ich nach vorne, in der Hoffnung, den Schmollmund zu erwischen, doch der lag bereits mit zerfledderter Frisur am Boden. Dank eines gezielten Schlages in das eigene Gesicht, hatte sich der Schmollmund selbst außer Gefecht gesetzt.

Die ›Scheiße-Clowns‹ hatten ihre Bierflaschen fortgeworfen, waren aufgesprungen und flüchteten an mir vorbei nach draußen, als sich um das Kuhfell bespannten Sofa herum ein fieses Grummeln breitmachte. Ich zückte spontan den Taschendunkler und schaltete ihn ein. Das Grummeln erstarb augenblicklich, als ich das aktivierte Gerät in Richtung des Getöses hielt, und das Sofa und seine nähere Umgebung in Dunkelheit getaucht wurden. An Stelle dessen tauchte Leoa auf, so wie sie in der Bar verschwunden war: aus einer leuchtenden Wolke gelben Staubs trat sie hervor.

Ihr gummierter Hosenanzug trug den Staub noch ein paar Meter durch die Bar, als sie wie in Zeitlupe auf mich zu schwebte. Leoa nahm keine Notiz von dem Chaos, das um sie herum herrschte. Nicht von den geöffneten Bierdosen, die aus der Sitzecke geschleudert wurden, und ihren schaumigen Inhalt fontänenartig in der Luft verteilten. Nicht von der sich lösenden Styropor-Deckenverkleidung, die in großen Teilen hinter Leoa herabstürzte, während andere Teile an freigelegten Kabeln kleben blieben. Leoas Blick fixierte nur mich.

»Sie wissen was jetzt kommt?«, fragte sie als sie ganz nah vor mir stand. Wieder schlich sich ihr angenehmer Orangenduft in meine Nase.

»Sie haben vermutlich eine Nachricht für mich«, stellte ich fest.

»Richtig.« Leoas Grübchen bebten. »Finden Sie den kleinen blauen Grumpelmann.«

»Was?«, Vermutlich stand ich ein paar Sekunden mit offenem Mund vor ihr, denn Leoa legte eine Hand auf meine Schulter: »Entschuldigung, aber mehr darf ich Ihnen leider nicht sagen.«

Darauf konnte ich nichts entgegnen, also fuhr Leoa fort. »Tja,«, sagte sie. »Es ist wieder soweit. Vielleicht sehen wir uns ja noch einmal wieder.« Und bevor Leoa wieder in einer Wolke gelben Staubs verpuffte, rief sie mir noch zu: »Noch etwas ... kümmern Sie sich um Ihren Freund.«

»Mombusa!«, erschrak ich, und schaute mich sofort um, wo er wohl nach seinem Zusammenprall mit dem Marzipanklavier gelandet war. Ich entdeckte ihn hinter einem umgeworfenen Tisch.

Mit schmerzverzerrtem Gesicht saß Mombusa auf dem Boden, mit dem Rücken an die Wand gelehnt. Ich vermutete, bei der Kollision mit dem Marzipanklavier hatte er sich ein paar

Rippen gebrochen, denn auf die obligatorische Frage, ob alles in Ordnung sei, antwortete Mombusa gequält: »Ich glaube, ich habe mir ein paar Rippen gebrochen.«

Da traf mich etwas am Kopf. »Springschildkröten«, war mein erster Gedanke. Dann wurde mir schwarz vor Augen.

Dreiundzwanzig

Als ich wieder die Augen öffnete, blinzelte mir durch kahle Bäume die aufgehende Sonne entgegen. Knorriges Astwerk ergoss sich in die grelle Wand des Himmels. Vor mir ruhte ein kleiner See. Über dem Wasser tobten Gebilde aus dichtem Dunst, so dass man das gegenüberliegendes Ufer nicht erkennen konnte. Ich saß auf einer Parkbank mit gusseisernem Gestell, auf dem sich in dicken Tropfen der Morgentau abgesetzt hatte.

Unbeirrt bahnte sich ein Specht, aller widrigen Umstände zum Trotz, seinen Weg durchs Ufergehölz. Zweifellos ein Profi unter Seinesgleichen. Er dachte sich einen Sternenhimmel, ein rauschendes Firmament, als er die Dunstvorhänge auseinanderstrich und über das Ufer flanierte. Sein Blick schob sich voran. Wurst schwebte in der Luft, und hinter einem weinroten Ohrensessel spähte ein Haufen Sand hervor. Der Specht staunte über das, was er zu sehen bekam.

Von der Seite schlich sich ein Geräusch heran. Das Geräusch gehörte zu dem gereizten Wichtelmännchen, das doch eigentlich vor Tagen zu flüssiger Schokolade verrann und mit qualmender Mütze in der ›Kokolores‹ wieder erschien. Es schlurfte durchs hohe Schilf zu mir herüber. »Da staunen Sie, was?!«, sprach es mich an, wobei sein buschiger Bart im Gesicht hektisch zappelte.

»Sie sind doch ...«, setzte ich an.

»Haben Sie gedacht!« Eine gewisse Gehässigkeit war dem Wichtelmännchen anzumerken. »Mein Herr«, fuhr es fort, »Sie glauben wohl, sie wüssten alles! Aber Sie wissen rein gar nichts! Sie sind nicht das, was Sie zu sein scheinen. Sie sind nicht wirklich, sondern nur ein Produkt Ihrer Sprache, ein Gebilde Ihrer Phantasie. Es gibt Sie nicht, hören Sie?! Es gibt Sie nicht wirklich. Beachten Sie das hier nicht! Es hat nicht stattgefunden.«

»Da sind Sie ja wieder«, vernahm ich eine Stimme von der anderen Seite. Es war Dr. Tetrader, der mit einem Klemmbrett in der Hand freundlich lächelnd neben mir stand. »Es gab einen kleinen ... Unfall. Sie waren bewusstlos, und haben im Schlaf wirres Zeug geredet. Ich schätze, Sie haben aufgrund Ihrer Kopfverletzung etwas fantasiert. Aber seien Sie beruhigt. Jetzt ist alles ... wieder in Ordnung. Wir behalten Sie noch etwas hier, und morgen oder übermorgen können Sie dann wieder nachhause gehen.«

Tetraeder klemmte sich sein Klemmbrett unter den Arm und ging davon, bis seine Umrisse sich zwischen den Bäumen verflüchtigten. Als auch seine Schritte nicht mehr zu hören waren, war es ganz still. Der Specht war weg, und auch das Wichtelmännchen war nicht mehr zu sehen.

War es das jetzt? War die Geschichte über die Gilde der Ewigen Zeit nur Einbildung? Tja, es schien so. Ich wurde nicht mehr gebraucht. Erleichtert lehnte ich mich in der Bank zurück. Ich hatte auch keine Lust mehr.

Epilog

Ein kleiner feiner Knall ließ mich aufschrecken. Ich war wohl kurz eingenickt und massierte mein Sofa. Dann hörte ich die Türklingel. Als ich nachsehen wollte, wer das wohl sein könnte, entdeckte ich ein winziges Loch in meiner Wohnungstür, und ein Reiskorn auf dem Boden liegen. Ich öffnete die Tür.

Das erste worauf mein Blick fiel, war eine violette Lederjacke, die sich hauteng an ein sehr sympathisches Dekolleté schmiegte. Die übrigen wohligen Wölbungen, die sich unter der Jacke abzeichneten, wurden vom Licht der Treppenhauslampe angenehm betont. Vor mir stand Penelope Wong, breitbeinig, die Hände ich die Hüften gestemmt, und durchbohrte mich mit einem Blick, so scharf wie eine 8.000.000-Scoville-Chilischote.

»So, junger Mann«, lächelte sie mich an, »dann lass uns deinen Großvater finden.«

Zu guter Letzt

»Die Gilde der Ewigen Zeit« ist mein zweites Buch, aber der erste Roman, den ich geschrieben habe.

Die Charaktere in diesem Roman sind frei erfunden (basieren aber zum Teil auf real existierenden Personen), die Orte im Großen und Ganzen nicht. Auch habe ich mir erlaubt, ein paar Verbindungen zu meiner Geburtsstadt Bremen einzuflechten.

Für etwaige Fehler bitte ich um Entschuldigung. Bei der Fortsetzung werde ich mir ganz viel Mühe geben.

Ich danke meinem alten Schulfreund Hann-Steffen Lühr, der ein paar großartige Ideen zu »Die Gilde der Ewigen Zeit« beigetragen hat. Außerdem danke ich allen Leserinnen und Lesern, die bis zu dieser Seite durchgehalten haben.

Schreiben Sie mir gerne unter post@bertvonnorden.de